手机小说

洁白的手帕

陈 武 著

内蒙古文化出版社

图书在版编目(CIP)数据

洁白的手帕/陈武著. — 呼伦贝尔：内蒙古文化出版社，2012.6
ISBN 978-7-5521-0061-7

Ⅰ.①洁… Ⅱ.①陈… Ⅲ.①小小说—小说集—中国—当代 Ⅳ.① I247.8

中国版本图书馆 CIP 数据核字（2012）第 137103 号

洁白的手帕
JIEBAI DE SHOUPA

陈　武　著

责任编辑	丁永才　包文明
封面设计	红十月

出版发行	内蒙古文化出版社
地　　址	呼伦贝尔市海拉尔区河东新春街4－3号
直销热线	0470－8241422　　邮编　021008

排版制作	鸿儒文轩
印刷装订	三河市华东印刷有限公司
开　　本	710×1000毫米　1/16
字　　数	130千
印　　张	14.75
版　　次	2012年11月第1版
印　　次	2024年1月第2次印刷
书　　号	ISBN 978-7-5521-0061-7
定　　价	48.00元

版权所有　侵权必究
如出现印装质量问题，请与我社联系。联系电话：0470-8241422

目录 CONTENTS

打造手机小说的品牌（代序）
　　——兼谈手机小说、微型小说、微博小说、闪小说　凌鼎年………1
作家陈武性本文（代序）　凌鼎年………………………………………7

· 第一辑 ·

少了十万块钱……………2	惴惴不安……………49
看门诊……………………5	杨聋子的基本行状……52
穿错了鞋…………………9	美丽成双……………55
暗　恋…………………13	乒坛高手……………62
办公室的早晨…………16	大　师………………64
到处都是狗……………18	古力军………………68
画　师…………………21	一张美发卡…………75
明　星…………………24	蓝花菜………………78
眼　镜…………………26	赣榆杂粮煎饼果子……81
签名本…………………35	老关父子……………84
偷　菜…………………38	或者和民俗学有关……87
我们一起熬夜…………41	破烂王与收藏家………93

家养动物	96	情感谍报	115
喜　鹊	98	捐　款	120
麻　团	101	史老板	123
孩子的睡房	103	通往姚浦的班车上	127
谁有病	106	回家静养	133
噪音致死	109	香　臭	136
小　白	112	渔　友	140

· 第二辑 ·

二　胡	146	通　电	182
初　恋	149	月季花红	184
洁白的手帕	152	艾	188
水泥制品厂	155	回家过年	190
虫　沙	158	时间风景	198
小　摆	160	麻大姑支前	201
刁老师	166	螃蟹腿	203
蝴蝶和蜜蜂	169	园子和文件	207
黄花菜	172	草莓香	209
会　计	175	蓝布羊皮袄	213
手　表	180	后　记	217

打造手机小说的品牌（代序）
——兼谈手机小说、微型小说、微博小说、闪小说

◎凌鼎年

从 2009 年起，我被聘为上海《文学报·手机小说报》执行主编，这是一份走市场的文学性报纸，图文并茂，雅俗共赏。现在上海的东方书报亭都有零售，邮局也能征订，动车上也放，免费阅读。

自我出任《手机小说报》执行主编后，我一直想主编一套《中国当代手机小说丛书》，我觉得这应该是有卖点的，有读者市场的，会受到读者喜欢的，特别是会受到年轻读者的青睐。

这次内蒙古文化出版社设想推出一套适应市场的精短小说丛书，我马上想到了"手机小说"这个概念。也是机缘巧合，今年三月，"全国高校文学作品征集、评奖、出版活动颁奖仪式"在北京隆重举行，我是评委，应邀出席了这活动，内蒙古文化出版社的丁永才副社长正好到北京参加全国出版社老总的一次会议，我们见了面，很坦诚地交换了各自的想法，我

俩一拍即合，决定携手合作，打造手机小说的品牌。

有人以为手机小说就是手机上的段子，应该讲不是一个概念，因为段子还不能称之为小说。手机小说是指适合于手机上阅读的小说。目前，纸质阅读与手机阅读并存，主要是3G手机的问世为手机小说提供了极好的阅读载体。

现在的苹果手机一屏可以达到144字到196个字，最近我看到我朋友的一款国外的新手机，一屏竟能显示270个字；电子书一屏可以达到200字左右，这些新的阅读载体为小说作品提供了全新的阅读方法，大大便利了随时随地的阅读，不受场地、空间的限制，提高了时间的利用率，深受年轻人的青睐。但不管是苹果手机还是3G手机，还是阅读机，其一屏的字数容量毕竟还是有限的，长篇大论的作品、洋洋洒洒的小说再精彩，看起来终究太吃力，就算你心里想看，眼睛也受不了啊。从人们的阅读习惯来看，一篇小说3～4屏最受欢迎，最好控制在6～8屏，不要超过10屏。而这个容量正好是那些比较精炼的微型小说的字数，这样，手机小说的概念也就应运而生。

目前来说，手机小说与微型小说区别还不大，或者说手机小说更精练一些。

但手机运行商很快看到了其中的商机，市场的需求量很大，谁掌握的精短作品越多，谁就掌握了主动，就掌握了未来的阅读市场，因此，他们很想买断一些微型小说专业户的作品版权，暗中的竞争已经开始。

近一两年来，已有多家公司来洽谈版权，国内的是如此，国外的也看中了这块蛋糕。2010年，我经过比较，选择把7本微型小说集子的签约给了《海内外著名作家精品文库》，这属于手机读物。该项目由美国纽约商务出版社与浙江大学出版社联合策划，由浙江大学出版社、中国移动、中

代序

国电信与中国联通合作发行。经美国纽约商务出版社评估，在世界各国共遴选了50位著名华人作家的书集。一是他们的层次高，二是国外的法律比较健全，诚信度高，不会在点击率上弄虚作假。反观我们国内的有些出版商，凡畅销书一般都不印实际的印数，你作家永远闹不清到底发行了多少，所谓的版税也就出版商想给你多少就多少。

美国纽约商务出版社选择的作家与作品，很重要的一点就是作品精短，适合手机阅读。这仅仅是开了一个头，以后，更多的手机运行商与文化传播公司会加入到这队伍中来，因为年轻人的阅读习惯已发生了大变化，手机阅读的前景非常诱人。

2011年2月23日，我国新闻发言人赵启正表示：中国的网民到2010年12月底是4.52亿人，是世界上拥有最多网民的国家之一。

据工业和信息化部（MIIT）公布的数据显示，截止2008年11月，中国手机用户已经达到6.8834亿。同时还在以1.01%每月和17.51%每年的速度增长，目前中国已经无可非议成为全球最大移动通信市场，中国手机用户已经超过全欧洲国家手机用户总和。按此推算，到2011年6月份，我国的手机用户应该在8亿左右。试想一下，在这庞大的手机用户中，只要有百分之一的用户阅读手机小说，这该是一块多大的蛋糕啊。

而新一代的手机已开始与网络连在了一起，如果强强联手的话，手机小说的阅读前景更加无可限量。

2010年微博迅速崛起，随之，微博小说也热门起来。微博与微博小说都以140字为限，很多人问我：为什么是140个字，而不是100个字或200个字？据我知道，手机短信一条是70个汉字，也就是140个字符。而微博系统开发之时，其实多少个字是无所谓的，但是出于此类传统规则，没有考虑2个字符是1个汉字，就直接弄成了140个字。当然，也有例外的，

3

像网易微博163个字,随心微博这达到333个字。但最初的140字微博流行起来后,就成了不成文的约定俗成,无形中成了一种戏规则。

2010年时,上海《文学报·手机小说报》举办过"中南杯"百字小说征文,一等奖是一万元,来稿成千上万,当时我收到不少文友与读者电子邮件与短信、电话,来询问这100字是否连题目,连作者姓名,连标点符号,其实哪有这么严格,也就是原载上不超过100个字。

现在的微博小说140字,大多数网民已自觉不自觉地遵守这游戏规则了。从2010年12月开始,南京的《清风苑》杂志与苏州市检察院主办法制微博小说征文,我是他们聘请的顾问。这次征文是每月一评,每月评5~10篇,每篇300元稿费,年底再终评,特等奖5000元,按字数算稿费、奖金都属比较高的,从目前的来稿看,投稿者有国内的,有海外的,有业余的,有专业的,很是踊跃,不乏上乘之作。本来以为到下半年来稿量会下降,准备再做做征文广告,哪想到来稿有增无减,可见这种短小精悍的文体参与者甚众。

微博是非官方的发言平台,是草根的平台,门槛低,审查少,写作快,入门易,受众多,影响大。它有诸多优点,如即时性、随感性、快速性、便捷性、开放性、互动性、多样性、选择性、平等性、主动性、公正性等等,通常有感而发,一事一议。

微博小说与这几年另立门户的"闪小说"有更多的相似之处,"闪小说"也出版了好几套丛书,连菲律宾也在出版,在评论,这说明精短的小说还是大有读者市场的。

这些新崛起的文体,无不昭示我们:读者的需求就是文体存在、生长的最好土壤。而文体的变化,又是与社会进步,经济发展是密不可分的。

有一个统计很有意思,也很说明问题,收音机从问世到达到5000万用

代 序

户，用了38年时间；电视机用了13年时间；互联网用了4年时间；微博仅用了14个月的时间——这就是现代节奏，挡都挡不住。

当纸质媒体、纸质文学书籍受到手机阅读、网络阅读的挑战时，阅读的格局就自然而然地发生着变化。精短的小说也就有了广泛的市场需求与生存空间。承认也好，不承认也罢，精短的小说正在以越来越顽强的生命力进入人们的视野。据我不完全统计，目前进入中国大陆小学、初中、高中、大学教材的微型小说作品约在200篇左右，进入海外各国各地区教材的微型小说作品也在200篇左右，这个数字其实很惊人的，因为文学作品一旦进入教材，就会影响一代人。可惜，很多主管领导可能没有注意到这个事实，那些掌握话语权的大腕评论家也并没有认认真真读过几篇微型小说，对这几年微型小说快速发展的情况不甚了解，其观念还停留在微型小说乃"小儿科"的认识层面。不过这种情况正在发生变化，我相信，用不了几年，微型小说、手机小说、微博小说、闪小说会以无可阻挡的速度进入大众阅读的范畴，在文坛扮演一个重要角色。

尽管微型小说至今依然有其民间性，或者说草根性，但已到了谁都无法小觑的地步，鉴于此，2010年3月份，中国作家协会决定，微型小说纳入中国大陆文学的最高奖——鲁迅文学奖的评选，有24本个人集子进入公示榜，尽管最后因这样那样的原因，微型小说与网络小说都没有获奖，但微型小说在文坛进入大雅之堂已是时间问题。可以这样预言：鲁迅文学奖单独为微型小说设奖乃大势所趋。

内蒙古文化出版社比起那些国家级的名牌大出版社也许影响力、知名度都不如他们，但据我知道，这个出版社的上上下下很敬业，出版过不少颇受市场欢迎，受读者好评的好书。他们有魄力打造手机小说这一品牌，我十分欣慰，这一套《当代中国手机小说名家典藏》的推出，是一个初步的尝试，是一个良好的开端。以手机小说冠名出版集子丛书，这在中国大陆出版界应该还是第一次，属填补中国大陆出版空白的。相信，手机小说这品牌会被越来越多的读者认可，并且逐渐靓丽起来。

是为序。

2011 年春于江苏太仓先飞斋

凌鼎年，中国作家协会会员、世界华文微型小说研究会秘书长、美国纽约商务出版社特聘副总编、香港《华人》月刊特聘副总编、《澳门文艺》特聘副总编、美国"汪曾祺世界华文小小说奖"终评委、香港"世界中学生华文微型小说大赛"总顾问、终审评委、蒲松龄文学奖（微型小说）评委会副主任、全国 12＋3 微型小说大奖赛终评委、全国高校文学作品征文小说终评委。

作家陈武性本文（代序）

◎凌鼎年

陈武名武，但似乎与武并无什么关联，倒是与文为伍，以文出名。

与连云港的陈武认识18年了，时在1992年10月，当时我与南京师范大学凌焕新教授、《青春》编辑部主任郭迅策划金陵微型文学研究会举办一次"连云港金秋笔会"，印象中来自15个省市的60多位作家、作者参加。连云港方面承办的重担就落在了徐习军、张文宝、陈武等几个人身上。当时的陈武还是个初露头角的业余作者，但已显示了其良好的文学素养与文学创作潜力。记得与他初次相识，他还写了一篇《与凌鼎年同行》的报道，发表在《大陆桥导报》上。一晃18年过去了，张文宝已当选为江苏省作家协会副主席、连云港市作家协会主席，徐习军成了连云港市作家协会副主席兼秘书长，陈武呢，也成长为江苏省作家协会理事、连云港市作家协会副主席，其小说创作创作势头十分旺盛，作品在《人民文学》《钟山》《作家》《十月》《花城》等权威刊物上频频亮相，而且长篇小说、中篇小说、短篇小说几管齐下，后劲十足，圈内很多行家都看好他的文学创作。

用时下评论家的术语，陈武属大小说作家，但谁会想到陈武是从微型小说起步的，在1994年时，曾经出版过微型小说集子，而且是他的第一本文学作品集子。1994年时，我与郭迅主编《中国当代微型小说十家精品集》，在海南国际新闻出版中心出版，其中就有陈武的《六月雪》。如果我记忆没有错误的话，这套丛书应该还有滕刚、谢志强、曹德权、胡尔朴、郑宏杰、何百源、张文宝、徐习军等，现在几乎都是中国作家协会会员，一个个都长足进步，名声在外。这也是让我很欣慰的事，说明我当年的眼力还算不错。

　　此后，陈武以此为契机，开始走上文学创作的康庄大道，不过后来从微型小说文坛慢慢淡出而致销声匿迹，这也是不少作家的成长轨迹，很正常。我有遗憾，但更多的是为他们高兴。回忆回忆，我认识、接触过多位这样的作家，刚开始以微型小说创作叩开文坛之门，随着知名度的上升，创作也渐入堂奥，由微型小说而短篇小说，再中篇小说，再长篇小说，以后很少写微型小说，或干脆不再写微型小说，甚至悔少作，讳言自己写过微型小说也有，我早见怪不怪，也理解他们。

　　陈武如今的知名度早已越出了江苏，即便在全国作家的层面上，提起陈武也可以说"文坛谁人不识君"，但陈武并没有一写大小说就小瞧小小说，所谓"一阔脸就变"，这让我敬重，引为好友。

　　2010年元月底我在南京参加江苏省第7次作家代表大会时，碰到了陈武，聊起了各自的创作。陈武说他这几年虽以中短篇小说创作为主，但微型小说创作并没有放弃，陆续写过不少，都没有发表，完全可以结集出版。也是机遇巧合，在这次作代会上，江苏文艺出版社的编辑蔡晓妮来找我，说北京有家文化传播公司准备投资出版微型小说丛书，希望我出任主编。微型小说是我当事业来做的一件事，自然一拍即合。在我开始组稿时，我听说了北京有两家图书出版公司正在策划出版选题相近的小小说作家档案丛书，且都是我甚要好的朋友，我不想与他们争稿源，为了避免与他们组稿冲突，我想只有发挥我熟悉海外的优势，于是我与出版社商定：我们的丛书以海外华文作家为主，故我们这套丛书定名为《世界华文微型小说100强》，既然冠于"世界"两字，自然也不应该少了中国作家的集子，那就少儿精，我们组稿的原则，一、入选作家必须是中国作家协会会员；二、最好不属微型小说圈内的作家；三、尽可能是新作。这样，陈武就成了我们这套书中国作家中的首选作家。我把组稿要求发给陈武后，陈武很快发来了电子版，集名为《西窗》（出版时，更名为《一棵树的四季》），我饶有兴味地拜读了他的作品，陈武的微型小说作品果然有特色，既有举重若轻的题材，又有举轻若重的笔法，主题深刻，意蕴绵长，构思巧妙，情节撩人，文笔流畅，语言老到，我煞是喜欢。

作为当红作家，陈武的功力自然在一般微型小说作家之上，所以他的作品很快通过终审，进入出版程序，并于2010年10月由江苏文艺出版社正式出版发行。

陈武在《西窗》交稿后不久，给我发了个邮件，说他还可以出版一本微型小说集子，他把以前陆陆续续写的，没有发表的微型小说一一整理了出来，问我有没有出版机会？这让我非常吃惊，即便微型小说圈内的作家，一下子要拿出2本微型小说集子的书稿，也不是那么轻而易举的事，看来陈武小说创作的家底很厚，存货不少。

也是巧，收到陈武邮件没几天，我有位北京做出版的朋友来电话说要出版微型小说丛书，要我关心一下，推荐几本有质量的微型小说集子，代为组组稿。这不是瞌睡送来枕头吗？我立马给陈武发出了电子邮件，而此时，他正被江苏省委宣传部派往德国学习、考察呢，我只好等他回来再说。

陈武回国后，以最快的速度发来了他的第三本微型小说集子书稿《洁白的手帕》的电子版，并嘱我写序。

多年的文友，多年的友情，我当然满口答应。为了写序，我先要看书稿，断断续续，我粗粗看了一遍，共55篇作品，12万字，以都市题材为主，有36篇，约占了三分之二，19篇为乡村题材，只占三分之一。可见陈武已开始融入城市，融入主流社会，从作品看，有其独特的视角，有其个性的审美，内容有他在城市的奋斗，有他在城市的际遇，有他对城市的思考，有他对城市的爱憎，但令人欣喜的是陈武并没有忘记乡村，乡村依然有他祖辈的印记，童年的回忆……

今年是我最忙碌的一年，约稿多，活动多，分身无术的我，这篇代序迟迟未能落笔。11月中旬，我应邀到海南参加"海口杯"征文的颁奖会，我的一篇《相约天涯海角》获了特等奖。第二天大部分与会者参加环岛游了，我因多年前参加中国小说学会的年会到过海南，就放弃了旅游，准备打道回府，但航班是傍晚的，我利用上飞机的这段时间，在宾馆里写下了这篇代序。

时间匆匆，上机在即，拉拉杂杂写下这些杂感，算是代序。

2010年11月14日于海口

· 第一辑 ·

确定

少了十万块钱

年轻而貌美的胡丽叶心情非常激动，她和老同学解小鱼邂逅于一个朋友的宴会上。小鱼已经不是她记忆里那个瘦高而腼腆的青年了，他变得肥胖而威武，正过着离婚后的单身生活。同学聚会，少不了说些当年的趣闻轶事，胡丽叶只是静静地听，从他们半是调侃半是认真的口气中，她听出来，当年小鱼对她有特别的好感，这让胡丽叶心里产生了非常异样的情感，因为她也悄悄地喜欢过小鱼，或者说是暗恋。只是当年年少无知，错过了表白的机会。

晚上回家，胡丽叶拿出十年前的毕业照，跟丈夫说她见到了许多同学，还特地说到小鱼的不幸福，说到小鱼的离异，说到小鱼生意上的失败。丈夫成兴旺正在准备明天宣传文化系统年终表彰大会上的讲话。说是准备，其实就是熟悉秘书为他写的讲话稿。他听了胡丽叶的话，马上联想到刚刚发现少了的十万块钱，莫非被老婆拿去资助惜日的情人小鱼啦？这是完全有可能的，近阶段，他发现老婆常常走神，说话也是王顾左右而言他，做事更是丢三拉四，明显的心事忡忡，难道就是这个解小鱼作怪？成兴旺不露声色地走到胡丽叶身边，试探地说，你同学就是我同学，需要帮忙，我一定尽力。胡丽叶已经换了睡衣，慵懒地说，还没到要帮忙的时候呢，随他吧，死要面子的家伙，等他求我了再说。成兴旺看看老婆半裸半露的胸脯和曼妙性感的身姿，一笑，说，你先睡吧，明天的会刘书记也参加，我得多准备一会儿。胡丽叶红唇一撇，醋意大发地说，刘书记算什么啊，是为你老情人准备的吧。成兴旺知道她是在暗指文广局史局长，史局长是他一手提起来的，在宣传文化系统是个数得上的大美女，跟他也确实有过肉体上的交易，甚至现在依然保持着这种关系。但这种暧昧的事，除非捉奸在床，否则，发几句牢骚甚至胡搅蛮缠都毫无意义。成兴旺大度地笑笑，说，怎么会呢，都是工作上的关系，我这个副市长不过是分管而已。胡丽叶不屑地说，切，工作上分管，肉体到心灵都分管吧？胡丽叶说完，一甩手，回卧室了。

　　胡丽叶也知道，这种事情，管是没用的？猫走千里吃腥，狗走千里吃屎，是当官的男人哪有不偷情的？胡丽叶懒得操这份心了，她从床头柜里拿出一个不起眼的皮包，打开来看看。这皮包是一个朋友前天送来的。这个朋友也不是一般的朋友，做电玩的大老板，听说全市的电玩市场基本上被他一个人垄断了，他为了扩大规模，准备再在大学城开几家电玩超市，特地给成副市长送来了二十万块钱。胡丽叶有数钱的爱好，家里的现金，她有事没事都喜欢拿出来数数，有时候喊成兴旺一起来数，那种内心的满足和惬意，是一般人无法想像的。但是，让胡丽叶大为惊讶的是，满满一包的钱，只剩半包了。胡丽叶一古脑儿地倒出钱，两手一扒拉，少了十叠，十万块钱啊，怎么就不翼而飞了呢？胡丽叶声嘶力竭地大喊一声，成兴旺，你过来！

　　成兴旺不知道发生了什么事，立即放下手里的讲话稿，从书房跑了进来。

　　成兴旺看一床的钱，心里有了数，肯定是为少钱的事。成兴旺已经知道少了十万块了，他正为这事煞费苦心呢，倒是要看看她怎么自圆其说。成兴旺假装不知道地说，怎么啦？胡丽叶两眼盯着他，问，怎么回事？怎么少了十万块？成兴旺说，少了十万块？不会吧，我也不用钱啊，怎么会少了十万块呢？胡丽叶一听，急了，你不知道？我昨天刚数过的，二十万，一分不少，你不知道？切，难道我们家出鬼啦？成兴旺知道老婆是个钱迷，藏钱就像老鼠藏大米，她不会平不无故把钱给藏没了，一定是耍了小把戏，不就是一个解小鱼吗？老同学，旧情人，要资助就明说啊，犯得着动这点小心思？成兴旺平静地说，你再想想看，是不是你借给谁啦？胡丽叶勃然大怒了，胡说，我能敢把这么多钱乱借？你家凭什么有这么多钱？手里房子好几套，还有这么多现金……你这样低估我智商啊？那还不如投案自首了。成兴旺说，我说也是啊……可是，我确实不知道，我们家的钱都是你保管的，这你是知道的。胡丽叶突然想起了什么，痴痴笑两声，说，噢，我知道了，美丽的史大局长是不是还想提拔啊，她手里没有钱，就来跟你拿了……是啊，成副市长是到了反哺的时候了，凭什么活该人家倒贴你啊。成兴旺没想到老婆会这样联想，他真的有些生气，但还是没有发作，强着冷静地说，好了，不就是这点小钱吗，十万块算个屁啊，别吵了，万一传出去还能坏了大事。

不吵归不吵，但这件事，可以说是导火索，弄得胡丽叶和成兴旺一直各怀心病，相互猜忌，深更半夜还争吵不休。直到半年后，一个巨盗落网，公安局来到成兴旺家，落实盗贼交待的情况，两口子才如梦方醒。原来，这是一个手段极其高明的盗贼，拿块口香糖都能把防盗门打开。盗贼专偷领导家，而且从来不把钱一次性盗光，都是拿一半留一半，以便不引起主家注意，为下一次偷窃留下后路。公安系统用了高尖技术才抓住盗贼。只是在落实盗贼偷盗情况时，遇到了比抓盗贼还难的阻力，这就是，没有一家承认被盗了，包括成兴旺，和胡丽叶一起，也是一口咬死，家里没有被盗过，不但没有被盗过，还从未有过这么多现金。来访的两个警察也不多问什么，心照不暄地说，就算我们提个醒吧。

然而这件事的后遗症还是影响巨大，胡丽叶和成兴旺由此又落下了另一块心病，钱放在家里也不安全了，放在哪里呢？

看门诊

老卡突然感到自己有病。

有病的症状就是想上医院。老卡不老,但是十多年前就是老卡了。老卡是诗人,不是业余诗人,是专职。简单说,他没有其他工作,专职在家写诗。写诗就是他的工作。老卡的生活来源,主要就是那几行诗的事情了。说起来,老卡靠稿费连吃烟都吃不上。好在老卡不吃烟,他只写诗。

老卡这几天头脑壳子老是晕,有些低烧的样子,用体温表试试,又不烧。老卡鼻子还不透气。以前他鼻子就有不透气的毛病,但有一只鼻孔总会通气的,如果左边那个不透气,右边那个就工作正常,如果右边那个不透气,左边那个必定是通气的。这回来个双管齐下,都不透气了。

老卡鼻子被堵死了,仿佛浑身都没有出气的地方,肚子里鼓满了气,连身子都鼓大了。

老卡决定到医院看病。

花开两朵,各表一枝。医院门诊有一个全科女医生,叫金美丽。金美丽外表美丽,心情却美丽不起来,她让老公抛弃了。他老公是做医疗器械的,被外地一家私人医院年轻的美女院长俘获了。金美丽也没留恋,她像扔掉一瓣不好吃的西瓜随手把老公扔了。扔了过后才后悔,也太便宜他了。她是医生,知道没有后悔药,在家呆着更难受,只有上班了。和来看门诊的病人接触,心里才会好受一些。

话说金美丽身穿白大褂,像天使一样坐在门诊室里。她和那些年轻女护士一样,白大褂里直接是乳罩内裤——主要是怕把新裙子弄皱了,所以,她感觉身上空空荡荡的。不知是天气太热的原因,还是医院太小,来看病人不多,稀稀拉拉的,门诊室里也就和她身上的感觉差不多,加上空调的冷风,显得空旷而冷寂。

门突然被推开——冒失鬼才这样了。而且这样的病人一定没有什么大病。

把门带上。她头都不抬地说。

来人把门带上后,一屁坐到金美丽对面,喘着粗气,说,我要打针?

你哪里不舒服?

我哪里都不舒服,你给我挂一瓶吧——我头疼,发烧,难受,挂瓶吊水就好了。

金美丽把体温表递给他,让他试体温。又问他,头疼几天啦?

好几天……三天了,发烧也三四天了——不打针没效的。

你叫什么名字?

老卡……叫金法卡。

金美丽从来没听说过有这样搞笑的名字,男人还叫金发卡,想笑,没好意思,硬是把笑给憋回去了。金美丽听他说话鼻子发堵,估计是感冒。

舌头伸一下。

老卡把舌头伸出来。

感冒了,金美丽说,看看体温再说——不能随便打针的。

不行医生,你一定要给我打一针,给我挂吊水,我知道我这病,不打针好不了。

金美丽没理他,比他怪的病人她见多了。

五分钟以后,金美丽让他把体温表拿出来,三十六度五,一点也不烧。金美丽说,你不用打针,也不用吃药,休息一下就好了。

什么?老卡差不多要从凳子上跳起来了,你不让我打针,还不让我吃药?我都病成这样了,我……我都快死了。

金美丽这时候才一笑，说，打针不打针不是你说了算，你没有病，严格地说，你只是轻度感冒，不用服药，只需休息两天就可以了。

休息两天？我天天休息，也没见好。老卡用手按住鼻子，说，你听听，听听，一个都不透气，我头还疼……你不想让我活啦？

金美丽遇到过难缠的病人，但像他这样低级的难缠的病人还是头一回见到。金美丽看一眼腕上的手表，还差两分钟就到下班时间了。金美丽开始收拾东西。她先看一眼手机上有没有短信什么的，然后收起笔，喝一口杯中的白开水，最后望一眼身后的衣架，衣架上是她的新连衣裙和一顶大舌头太阳帽。

你干什么？要下班啦？你还没帮我看病啊？老卡略显惊慌了。

对，马上下班了，你的病我也看了，诊断结论也跟你说了，还写在这上。金美丽把病历推给他，继续说，从门口向里走，拐过走廊头一间，是急诊，晚上有他们值班，你要是对我不信任，你可以找他们看。

老卡急了，他气急败坏地说，你怎么对病人这个态度呢？我有病，你却这样……

老卡看对方已经站起来，觉得这样发脾气也不是办法，立即软和了口气，说，大夫，大夫大夫，求求你，帮我打一针……哪怕开点药……我好不容易来看一趟病，天又要晚了，大夫……

老卡不说了。他的话戛然而止。他被女医生的行为吓住了。他看到女医生一点也没有避嫌，走到衣架边，解开白大褂，换衣服了。老卡张圆了嘴，看到她白晰、细腻的身体上只有文胸和三角内裤，文胸和内裤的花色一样，粉红色，应该是成套买来的，质地又薄又透，诱惑而又性感，而她裸露的肩膀是浑圆的，光滑而平坦的小肚子上一点缀肉都没有，修长、笔直而丰满的大腿更是美丽动人。老卡的心跳先是停顿一下，然后骤然加速，他慌不择句地说，你……你……啊……那个……我要看病……

金美丽从从容容地换好衣服，对语无伦次的老卡说，走时把门带死啊，还有空调，别忘关了。金美丽说完，侧身从老卡身边走出去了。

老卡如梦初醒，他立即关了空调，追出去。老卡在门诊大楼门口台阶上追上了金美丽。金美丽挺胸收腹亭亭玉立,她掠一下长发,戴上太阳帽。

大夫大夫……老卡有些语焉不祥地说,大夫……

没病啦?

没了……

神经病!金美丽瞅都没瞅他一眼,走了。

老卡停在原地,想一下,自己跟自己说,神经病?

老卡大声地对金美丽喊道,对,我有病……大夫……我明天给你写首诗啊。

老卡看到,金美丽的腿软了一下。

穿错了鞋

我和诗人小梅开车去接布丁。

布丁是我市著名女作家,写散文诗,也写小说,当然,写最牛的文体还是艺评,经她生花妙笔吹嘘的那些画家、书法家、篆刻家,每平方尺或每方章的价位都成倍的翻。布丁的艺评因此在业界可以称得上炙手可热。

我是接布丁去打掼蛋的。

请布丁打牌可不是我,我只负责接。请客的人是家住干于县城的书法家兼画家刘大吹。刘大吹起先写诗。写诗这年头不吃香,要是放在唐朝,他也能算得上半个李白。可现在不是唐朝,现在是书画家的社会,大吹便更玄易辙,练起了字和画,几年下来,一手漂亮的小楷和文人画,让他名声大噪,一改往日的穷酸,成了腰缠万贯的大款,常请我们吃吃喝喝,有时也吟诗作对搞个小笔会什么的,玩得很文人。

今天大吹一大早就打电话,让我邀请市里几个女作家去打牌,并点名要布丁。大吹的意思我懂,无非想让布丁写篇稿子吹吹。

布丁是个厚道人,一请就到。

到了大吹家才知道,原来大吹的医生老婆去外地会诊去了,才有此胆量把客人带来家。晚上的酒宴极其简单,只是煮了几只蟹子,还有一盘虾婆和一碗海蛎豆腐,吃到一半时,我又去厨房搞了盘文蛤炖蛋。应付了肚子之后，便拉起了牌局，大家摩拳擦掌，声称都要把对方搞死，结果，一上来就战况胶着，交替领先，第一把我们先打A，结果打了十六把才过。我和大吹对家，这回让他吹大了，说再来一局，弄个二比蛋。布丁和小梅自然不服气，但人家是女士，口气里文明多了，只说好牌不赢头一把。于是，大家喝口水，上个洗手间，又打了起来。直到凌晨三点多，牌局才结束。

还有三十多里路，我便带着两位美女作家，匆忙往市区赶。在车上，布丁和小梅还在讨论一手牌，小梅认为，如果提前把大吹炸死，让他手里有两手牌，铁定下游了。布丁赞同小梅的观点，并做了批评与自我批评。

我在前边开车，哈哈大笑过后，得意地说，你们两人善于总结，看来还是有上升空间的嘛。

布丁骂我一句死相，立即转移话题，说我今天穿了新买的皮鞋……真是，大半夜来打牌，穿什么新鞋啊，谁看啊。小梅深有同感地说，我更上当了，我还新穿了毛衫，瞧瞧，意大利的，国际名牌，这回亏大了，被两个大烟鬼污染了，一身烟臭味。

话说到这里，我的车也进了城区，分别把两个美女送回家之后，天就亮了。

我一觉睡到中午，让电话给闹了，看号码，是布丁的。不会又是牌局吧，她昨天输了，很想捞回去的。我堵头对脸地说，不打了不打了，累死了，你牌也不撑，再打我要残废了。

布丁说，呸，让你两局就敢说我们不撑……撑不撑我也不跟你打了，请你出个场如何？

干嘛？我警惕地说。

陪我逛街如何？坑死了，昨天花好几百块钱新买的皮鞋，大了，不跟脚，你陪我去换一双吧，我一个人不敢去啊，昨天都穿过了，怕他们不认账。

明知道这事棘手，我也不好说不去，毕竟大家都知道我天生一张好嘴，能说会讲，口若悬河，能把东说成西，能把死人说成活人，青面獠牙，光头恶眉，一看就不是什么好东西，只要是人，见我都怕三分——布丁瞧得起我，我也不能自己不把自己当人物啊，我爽快地答应了。

我和布丁一起走在步行街上，往某某专卖店走，一路上还在讨论昨晚的牌局，布丁言语当中，总是不服气。我挑战道，布丁你就这点不好，认死不服输，这样吧，逮哪天有时间，我再陪你练练。

说话间，我的电话响了，我拿出手机，看是刘大吹的，就说，大吹的，可能又约牌局了，去不去？

布丁说，怕你们啊，只要换了鞋，就去。

我接了电话。只听大吹在电话那头急火火地说，不得了了，出大事了，老婆今天回来，发现家里多了一双女人的鞋，要死要活地跟我大吵大闹，甩门走了，我打她一百个电话她也不接……老陈你可得证明啊，我昨晚上可是和你们打了一夜的牌啊。

我说大吹啊，这事我怎么好证明啊……你家里怎么会多一双女人的鞋？这鞋哪来的，你老婆不知道，难道你也不知道？肯定是你小子搞得鬼。

刘大吹几乎是哭着嚷道，天地良心，我刘大吹对老婆忠心耿耿啊……天知道怎么会多了一双女式皮鞋啊，比老婆的鞋小了一号，虽然样式牌子一点不差，可老婆是穿三十七码的，家里的这双是三十六码，不一样啊……

挂了电话，我和布丁哈哈大笑起来，说这下刘大吹麻烦大了……话还没说完，布丁突然不笑了，她脸上僵住了，说，啊，坏了……

我也一下子意识到了，是布丁穿错鞋了。毫无疑问的，我们今天凌晨匆忙从刘大吹家出来，布丁慌忙中，错把刘大吹老婆的鞋穿走了。

布丁急得跳起来，她把鞋盒往我怀里送，说，我得打电话给刘大吹。

布丁把手机又塞到我手里，说，老陈你打吧，我怕也说不清楚啊。

我觉得这事也不好解释。有些事情真是奇怪，越是真实的，越解释不清，越解释越不像是真的，刘大吹的老婆是个聪明人，他一定会怀疑我们这些臭味相投的文人串通一气在糊弄她，瞒天过海骗她一个人。我把手机还给布丁，说，这事不能急，让我们先来想想，看怎么说才妥当。

实话实说吗？还是撒一个更有说服力的谎言？

暗　恋

　　我曾经在几个论坛里混，结交了一些志同道合的朋友。这里的志同道合，不是传统意义上的，不过是些观点相近或臭味相投的人，大家在某个帖子里跟帖，表明意见，或调侃，或灌水，嬉笑怒骂，其乐融融，不亦乐哉。

　　我现在玩的这个论坛，也是和文学有些关联，大家都是文艺青年，或曾经是文艺青年，再加上版主的热情和引导，不少人从网络走了出来，由网络交流，变成了现实和网络两相结合的真实的朋友。

　　某天，版主为了论坛更为活跃，也让大家更为真诚，便以暗恋为主题，征集文章。

　　看到这个启事，我在想，这个主题好啊，暗恋，一个"暗"字，道出了多少酸辣、多少苦甜、多少长叹短吁啊。

　　暗，和黑是同义字。恋和暗相联，就和暗和黑一样，是那样的无边无际，那样的苦海无边，那样的不可告人。暗恋，悄悄地恋着，偷偷地爱着，对方不知道，又希望对方知道。但终究还是不知道。这样的恋很有点折磨人不是吗？很有点灰色的美丽不是吗？我记得坛友未无忌同学在证文里说："在我有限的青春时光（里），总是从一个暗恋走向另一个暗恋……"是啊，在暗恋的漫漫长河中，狗熊掰棒子，掰一个丢一个。但最后总会有一个，让你无法忘怀，让你刻骨铭心，让你难受，让你心痛，让你欲罢不能，让你欲说还休。

　　我本来并不打算应征，但看到大家那么坦荡地道出了自己的真情实感，很自然地想到了她。

　　是的，在论坛里，我暗恋过一个坛友。自然，对方是不知道的（如果知道，就不叫暗恋了），也没有人能猜得出来。人们习惯于从表像的蛛迹中寻找答案，往往适得其反。但依然乐此不疲，追根寻源。那么，既然今天写在这里，还是说说我对她的印象吧。从这个印象里，你再猜，也许就不难了。

　　对，她是美人。在我看来，她古典，安静，从容，款款的，像一幅油画，性格里，更多的是理性。她有些教条，或者古板，怀疑许多东西，不相信很多东西。但她总是有无限的魔力，深深地吸引着我。我们似乎在一起吃过一两次饭吧。是谁请客呢？仿佛就是她，也许是别人。自然是没有多少话的。主要原因是我心里有鬼吧。我怕我多一句话，就让她窥见我的那点秘密。于躲躲闪闪中，说一些闲话；夹在众人的欢声笑语里，敬她的酒。然后，假装没事人一样地悄悄地关注着她。其实她也没有多少言语。她到哪里，都不是主角，或者连配角都算不上，仿佛就是拉来的夫子，你会觉得她坐在那里很别扭，稍稍地，便多了一点同情。但多半是爱莫能助。待到酒席散了，同志们纷纷互道再见，她也是站在一边，事不关己一样，然后悄悄地离开。暗夜中，我望着她。她的背影有些孤单，昏黄的路灯打在她的身上，是那么的隔膜，那么的遥远。我的思绪会长久地跟着她，陪着她走在长街上，陪着她走很远很远……我还怀疑，刚才，我们是同桌吃饭吗？她铃兰一样的芳香和如玉一般的温良，就这样渐渐远去了吗？

　　我知道，我们早已过了轻狂的年龄，过了可以"作乱"的年龄。爱情也许是有的，但也只能是深埋在心底里的暗恋了。

　　不知道从什么时候起，我开始渴望见到她，开始渴望听到她的声音，开始在论坛上寻找她或等待她。终于有一次，看到她的一个帖子。那是很好的一篇文章，是我喜欢的一个题材。我读了几遍，也没有跟帖。后来，这个帖子就沉下去了。待我想引用她文章里的一段话时，我又托人把这个帖子发给了我。可以说，这是我的一个"阴谋"吧，因为我的文章里，并非一定要引用这段话。我之所以这样做，就是想让我们能更贴近一些。我的文章里有她的文章，不管什么时候，只要我的文章还在，我就会想起这段暗恋。

　　此后，因为和坛里的坛友有了更多的交往，我和她见面的机会就多了起来，自然也开始熟悉起来，谈话是不可避免的，有时也开些小小的玩笑，都是那样的若即若离。

　　……啊，难受吗？有时候，还真的让人沉不住气，希望犯一些错误。但是，总有一道叫理性的篱笆，隔在我们面前。在接下来的一个个白天和一个个夜晚，我一次又一次思念她的时候，我早已渐渐地想到了什么，爱情（暗恋），究竟是怎样的一种情形呢？不就是发生在彼此内心深处的美好而深刻的情愫？爱情从来都不是向人们许诺轻柔和快乐，也不曾许诺每一个人到头来都一样，终成眷属，白头偕老——真要是这样，也太有限了。爱情本质的使命，是牵引善良而温情的人们，彼此地靠近，彼此地用一种更健全的情怀来度过苦难和艰辛的日子，像冬日里一只小火炉，温暖着彼此的心——也许实际上只温暖一个人的心。

　　因此，我的暗恋还会继续——也许还会这样继续下去吧，谁知道呢？一些残留的往日美丽的映象，一点点岁月的如丝如缕的哀愁，一位我臆念中的渴盼相见而跟着又分手的美人，这些都是我千百次地深味过的。

办公室的早晨

机关的工会办公室,照例地迎来两位主人,他们分别是大陈和丽雅。大陈和以往的习惯一样,比丽雅先到一步,正在认真地拖地。丽雅进屋后,放下包,照例地说一句,陈大姐早。大陈说,你早你早。大陈注意到丽雅的话比往日明显地多一丝兴奋。大陈抬眼一看,原来丽雅穿了件质地和颜色非常时髦的风衣,毛衣的款式也非常新颖别致,越显得婀娜多姿和性感迷人。大陈在心里说,这小骚货越来越风骚了。但大陈的那份嫉妒还没升起来,心里已经被另一种暗自发笑的情绪包裹着了,因为大陈看到了丽雅化过妆的脸上有一个明显的失误,左眼角的眼影比右眼角短一截,而且上下宽度明显不一样,这样看来,左眼似乎比右眼小了些,而右眼又仿佛比左眼肥肿,从侧面看尤其明显。

丽雅到锅炉房打来开水,又抹了抹桌子,然后才坐下来,看一眼先她坐在办公桌前的大陈,以为大陈会对她的新衣服发表几句意见的。但是大陈脸上挂着意味深长的笑,正拿一本杂志看。丽雅说,陈大姐你说周润发退出影坛后会干什么呢?我说发仔除了演电影干什么都亏了。丽雅知道大陈最迷周润发了,故意捡她喜欢的话说,无非还是想大陈夸夸她的新服饰。大陈果然开心地说,那也难说,香港的事情也不好讲,四大天王还又唱又演电影又拍电视呢,干什么也不差给谁,干什么也照样红了半边天。大陈的话丽雅听来并没有什么特别,而且说过也没有别的表示。丽雅心里并不受用，但是大陈那洁白整齐的牙齿上粘一叶韭菜叶却令丽雅无比的兴奋。这半老徐娘夜里可能又看了半夜韩剧，早上睡昏了头，吃了韭菜包子也忘了嗽口，镶了颗绿牙，还满嘴臭哄哄的，你今天就丢人吧，活该！丽雅和大陈又敷衍几句，就低头一心一意读那本悬疑小说了。

早晨的办公室十分安静。

大陈也拿出一本休闲杂志看，心里却在说，这骚娘们要是出去，那双眼睛非吓死人不可。

丽雅的眼睛也在小说的字里行间移动，心里却暗自窃喜，这老娘们要是开口说话，别人还以为她长一颗绿牙呢。

这时，工会主席的脚步声由小到大地响进了办公室。大陈和丽雅都热情地和主席打招呼。主席似乎没有什么事，只是端着新泡的茶杯例行地走走。但这一走，两个女人几乎同时给他纠正一个容易忽略的问题，主席裤子上的"鸡圈门"没关牢。两个女人拿主席开心，同时又是一玩二笑友善地讨好他。大陈说，主席啊，干什么事不留心啊，没把好关，两只破轮胎差点滚出来了。丽雅尖笑一声，也说，拿笔来，让大陈把你破轮胎涂涂颜色，办公室里响起一阵开心的笑声。笑过之后，主席惊讶地说，大陈你不要笑我了，你牙上粘那一叶韭菜足有二两。笑话有时也让人笑不出来，此时的大陈就是这样，表情古怪而尴尬，她取出抽屉里的小镜子，处理了牙上的韭菜，朝丽雅看了眼。丽雅也注意到大陈那难受的一瞥。与此同时，灾难又降临到丽雅的身上。无疑，主席还沉浸在兴奋之中，他盯着丽雅，说，丽雅你今天怎么啦？还有心笑我"鸡圈门"？我怎么越看你越别扭呢？瞧瞧瞧，我们的丽雅要搞化妆舞会是不是？把眼睛画得一大一小要上街吓唬人啊？主席说着，还试图伸手摸摸丽雅的脸。丽雅说，什么呀主席？主席说，你拿镜子看看。丽雅从包里拿出化妆镜，对镜一看，脸立即红了，赶快补了妆。主席喝几口水，又打几句哈哈，参加九点钟一个会去了。

两个女人继续各怀心事看书看杂志。

到处都是狗

资深记者陈大明遇到麻烦了,他前天采访、今天见报的一篇批评报道,惹恼了金工公司的老总,老总是省人大代表,亿万富翁,在本市可是公众人物啊,他怎么能咽得下这口气呢,亲自指示办公室主任金美丽和报社交涉。

金主任到报社找到领导。报社领导对这种事情早已司空见惯,施展太极功夫三下五除二就打发了金主任。金主任觉得这样回去和老总汇报显然交待不下去,决定去找批评报道的作者陈大明谈谈,看看能不能尽量挽回负面影响。

金主任事先给陈大明打了电话。

陈大明虽然胸有成竹,但仍然觉得是个麻烦事,他特地从牌桌上赶到报社,又看一遍他精心写作的稿子,觉得事实清楚,证据确凿,没有失实之处,也就坦然地等着了,心里还惬意地想,金主任声音很好听,说不定是个大美女啊,借此机会能够和大公司的美女大管家拉上关系,也许是一件不坏的事。

但是,事与愿违,金主任和陈大明的谈话很快就谈崩了,原因非常简单,金主任借着家大业大,又看陈大明鬼鬼祟祟貌不起眼的样子,根本没把他放在眼里,提出要在报纸重要版面上发表一篇同等篇幅的表扬稿子,否则,要收拾陈大明。陈大明当记者多年,吃喝拿要习惯了,还没见过如此霸道和蛮横的人,便阳奉阴违不予理睬,还扬言要把批评报道做足,写半版续篇,直到金工公司认识到自己的错误为止。金主任也不是吃素的,就在办公室里和陈大明争执了起来。陈大明虽是记者,拙口钝腮却不会讲话,突口就骂金主任是疯狗,还是一条母疯狗,一条漂亮的母疯狗,不然,怎么敢跑到报社来咬人?金主任被娇惯坏了,哪里受过这等言语啊,她立即反击。但,人家金主任毕竟是女人,又在陈大明一亩三分地上,反击的话无非还是拿狗说事,这在外交上叫讲究对等,在互相对骂上,也尽量不要升级。金主任骂人的声音也不高,保持在低八度的位置上,她说,什么是疯狗啊,拿着笔杆子到处造谣才是疯狗呢,不就是想敲诈我们单位一顿饭不成,才乱咬人的吗,要是给点好吃好喝的,恐怕今天见报的就是表扬稿子了,狗的本性无非如此,见到熟人就摇尾巴,见到好处也摇尾巴,你陈大明那点小伎俩以为我不知道,你要想吃直说啊,何必把写好的稿子拿来敲诈啊,做狗也不是光明正大的狗,也是背地里玩阴的。陈大明一听金主任揭了他的底细,心里立即虚了。可这是做记者必须掌握的潜规则啊,到某地或某单位采访一篇批评报道,然后拿着稿子去敲诈,人家只想大事化小,小事化了,就打点一下,或者吃烟,或者喝酒,摆平为止。可让金主任这么一说,他面子上下不来,一时又找不到反驳的话,只好忍气吞声,满心地希望办公室其他几位记者编辑能出头帮他几句腔,可小周小莫小刘这一干人都在装死,埋头写自己的稿子。再说金主任,一看自己占了理,便得理不饶人,又把狗的理论阐述一遍,说,猫走千里吃腥,狗走千里吃屎,有本事你再写吧,几篇破稿子起不了风浪的,陈大记者,再见!

　　看着扭着小蛮腰消失在楼梯尽头的金主任,陈大明很觉得没面子,恨恨地把茶杯摔到地上。

　　部门主任胡小梅和专栏作家布丁一边说笑一边进来了,这两个像喜雀一样喊喊喳喳的美女一进门的话就是说狗。胡小梅说,坑死了,你说得一点没错,到处都是狗,我都烦死了,昨天晚上我去超市买点东西,想抄近道走,刚从巷口进去,一条大黑狗冲出来,我被吓得啊,魂都掉了,可走没多远，又有一条脏兮兮的小狗跟上来了，估计是流浪狗，我被吓得跑也不敢跑，不跑又怕它咬我一口……哎呀，你说这些人也真是的，狗有什么好玩的啊？养了也行，也得管管啊，放出来吓人，这是什么道德啊。

布丁嗓门更大地说，你还别不当回事，狗这东西最讨厌了，要是被咬一口，你就晦气了，打了狂犬疫苗都没用，你搞报纸的没听说过啊，有人打了假的狂犬疫苗，不是几天就死人啦！

就是啊，哎呀，别提我昨晚多倒霉了，回来时，又踩了狗粪……你说这些狗，真是无处不在啊。胡小梅意犹未尽，还有呢，养狗那些人家，并没有养狗的条件，卫生肯定搞不好，人都吃地沟油了，狗还能有什么好吃的呢？总不能去敲诈吧？

办公室的许多人都朝胡小梅使眼色，小周偷偷地笑，小莫悄悄地朝陈大明看，大刘更是干咳嗽几声，以期掩饰什么。只有陈大明，脸色难看地坐在那里发呆。陈大明和主任关系一直很紧张，要不是一个部门，又是上下级，几乎互不说话了。可胡小梅不知道金主任前脚刚走啊，也不知道金主任已经把陈大明当作狗骂了半天了，更没有看到陈大明把脸憋得跟猪肝似的，所以，在布丁的推波助澜下，她继续对狗进行声讨。

陈大明实在听不下去了，又不好说什么，只好拂袖而去。

画 师

　　正乙、木易二人，从小投名师学画。正乙画松鼠。木易画老鼠。松鼠灵巧可爱，入画，也入眼。老鼠在人们的印象里是反面角色，过街时会人人喊打，画起来不容易。但木易有点石成金的妙手，他把老鼠画得憨太可掬，讨人喜欢。因此，江湖上，人们戏称他二人为鼠兄弟。凡师兄弟，艺技总有优劣、前后之分，但正乙和木易不然，他们学艺专注，毫不旁骛，画艺精进，不分彼此，深得老师宠爱。

　　老师故后，二人分道扬镳，自立门户，多年下来，竟不通音讯。

　　正乙的松鼠画已渐成气候并独步画坛，其松鼠画法独特，毛皮肌肤，由表及里，层次丰富却又纤毫可鉴，头尾身段，历经技改，松鼠的娇憨灵顽跃然纸上，韵味十足。有名家对此称赞曰：正乙兄状松鼠，栩栩如生，考古之画家，聚毕生精力，专功一品，乙兄可侪其俦矣。

　　某日，正乙在上海滩举办个人画展，参观者络绎不绝，所有作品三四日之内竟告售馨，续求预订者一时盈门。

　　从此，正乙大画师对松鼠更是情有独钟，家宅的前院后院，养了数十只松鼠，饲食洗笼，每每事必躬亲。正乙写生之前，一如其师遗训，不拍照，不抄旧稿，唯于日日之观察中求松鼠或动或静、跳踉腾跃之百态烂熟于胸。昼写夜思，浸淫其间全不知寒暑几度，转瞬已年届耄耋，正乙的松鼠画举世皆知，画廊售价已跃上六位数每平方尺，名声远播海内外。

一天，正乙画师闲翻晚报，得知本市有一画鼠奇人，名木易，隐居数年，鼠画炉火纯青已到乱真之地。正乙想，莫非此木易就是彼木易乎？于是前往探视。

小巷深幽，七拐八拐，到一深宅大院，报上名号，来迎接的飘飘老者，果然就是六十年前拜在同一名师足下的师弟木易。兄弟相见，悲喜交集，互致问候后，木易领正乙参观画室，巨大的画室里，到处都是神态各异、活灵活现的老鼠，看似急于躲身的灰鼠，却是一幅画稿。画室布置曲折有致，别具一格，仿佛置身鼠的王国，又仿佛走进一道幽长的鼠洞。鼠氏家族以各种形式欢迎他这位来访的客人，身临其境的正乙不觉被眼前真实的景致所吸引，自言自语地和老鼠对起话来。正行间，有一老鼠领他到一张案前，但见桌上有一幅墨迹未干的松鼠嬉松图，旁有狂草一行：正乙兄尝评木易献丑。正乙略一端视，大惊失色，无论从画技、形态、逼真的效果，还是意境、情趣，这幅松鼠嬉松图都在自己的画作之上。正乙踟蹰许久，心有所悟，准备告辞，却不见师弟木易。正乙在鼠洞里巡视再三，只有四壁和他交流的老鼠而不见木易。正乙说，也好，改天再来拜访。走出鼠洞般的画室，木易已在门口相候。木易说，师兄乃当今名士，能屈驾寒舍，真是弟之幸事，只是弟不学无术，鼠画难登大雅之堂，弟取之自乐，消闲时光，不足为道。

正乙回到家中，十分郁闷，徜徉在后院的花丛中，看笼子里鲜蹦活跳的松鼠。回想着自己画过的数千幅松鼠图，遗憾之情像膨胀的泡沫一样在心中荡漾。他眼前的无数只松鼠跟他诉说着各种各样的欢乐和痛苦，松鼠们或哭或笑或悲或忧的神态优雅而稚拙。正乙突然觉得平日他熟悉的松鼠变得陌生了，一种深深的想亲近松鼠了解松鼠的心情油然而生，而这种感觉随着和松鼠的进一步交流更是强烈难支。

不久之后，家人发现正乙失踪已经好几天了。家里雇用的花匠在一天晚霞将逝的时候喂完松鼠，自言自语地嘀咕一句，这些松鼠还有什么用呢？画师已经失踪啦！

这一年的晚些时候，晚报上有一则消息吸引市民的极大兴趣，著名画师正乙的遗著、数十张松鼠图在香港拍卖成功，总售价几近千万港元。

　　当然，正乙六十多年前的师弟木易提前在网上也看到这了则消息，他看着自己随意操刀的、连名号印章都未署的一张张松鼠图，脸上有一种欣慰的微笑。只是，木易不知道，他的这些画稿是如何遗失的，师兄正乙又是什么时候去世的。木易不免的有些悲伤。

明　星

　　能成为全省第一期艺术类人才高研班的学员，也算是我的荣誉吧，因为来学习的，都是各个艺术门类的骨干。仅拿我们作家这一块来说，来的三个人，其中两个人都取得过骄人成绩，布丁是享誉全国的七零后女作家代表之一，曾获过小说选刊奖和全国青年文学奖，许老更不用说了，他是双重身份，是评论家，又是名刊编辑，经他手发表的作品，先后三次获得全国文学大奖，简单说，一次茅奖，两次鲁奖，这在全国的文学编辑中，名列前茅。我能添列他们中间，完全是沾了地域的光——瘸子当中选好腿，在文学相对落后的苏北，我只能滥竽充数了。

　　开学第一天，搞了个典礼，茶会过后是宴会，三十多名学员自报家门，算是自我介绍，一路听下来，不是这个剧团那个剧院的名伶，就是电视台某名牌栏目的主持人，最没有明星相的，也是某某大报的高级记者，至少进京采访过两会。他们当中，每个人都获得过一连串的全国性大奖，似乎也有几张似曾相识的面孔。掌声自然是不断的。轮到许老介绍自己时，只说是某刊编辑，连评论家身份都没有亮出来。布丁更是谦虚，轻描淡写地说是某单位创作室创作员。我仿效他们俩，说自己是一个自由写作者。

　　熟轻熟重，光靠介绍似乎不能证实什么，从晚宴上，更能体现出自我的价值了，这是显而易见的，难道不是吗，那个叫什么洋的大眼睛少妇很快就成为焦点，大家不但纷纷敬酒，还对她主持的节目表示欣赏和赞叹。锣鼓听音，说话听声，她就是我们班的超女级人物，连带队的领导都成为她的粉丝，拿出本子让其签名。她可能是习惯这种阵势了，不但不怯场，还做足了明星的功课，签名、合影、摆造型，仿佛受过专业训练似的。

　　物以类聚，人以群分，在以后的上课中，大家自然就分成了几伙，在课堂上紧挨着坐在一块，课后也是一起交流着什么。有一天，许老、布丁和我到一个朋友处吃饭，饭后散步回来，离上课时间只有半个小时，就没有回宿舍，而是直接到了教室。碰巧大眼睛少妇也在，还有另三个学员，我只知道其中一个叫大朋，社科院艺研所研究世界版画的，还有一个好像是唱昆曲的。现在，关于大眼睛少妇，我已经知道她的名字了，叫江洋，或江羊、姜洋、姜羊什么的。至于具体做什么工作，还是不甚了了，不过，通过几天的同窗学习，大家也都熟悉了，相互打过招呼之后，就聊起了课程安排、老师趣事等，说说笑笑很热闹，说着说着就又绕到了自己身上，布丁纯朴地问大眼睛少妇，江洋？是哪两个字啊？挺文学的啊。江洋愣一下，异常惊讶地说你不知道我？布丁的错误就在这一刻犯下了，她含糊其辞语焉不详。江洋又进一步问，你真不知道我是干什么的？布丁这回坚决地摇摇头。江洋很失望地张圆了性感的红唇，眼里流露出不可理喻的光芒。大朋及时圆场说，她是电视台快乐集中营的著名主持人啊。大朋说着，望向我。说真话，我是从来不看电视的，除了NBA和意甲英超。我躲开了大朋的目光。大朋又求助似地望着许老。许老不愧是许老，虽然他只有三十多岁，但人家毕竟十多年前就是许老了，他笑笑，说，你名气很大啊，大明星啊呵呵呵。但是，江洋并不傻，看出来许老也是敷衍，她夸张地叹息一声，说，你们真是……连我都不知道，连快乐集中营都不知道……太失败了。然后，便冷下脸来，调过去屁股，和陆续进来的同学说话了。我不知道她说的太失败，是说快乐集中营太失败，还是说她自己太失败，还是说我们太失败。从她此后的神情看，应该指得是后者。

　　但是，这有什么办法呢，我们真的不知道她是谁，尽管她是大明星。

眼　镜

皇窝海滨浴场的沙滩和别处不太一样，很陡。和那种缓慢向海里延伸的沙滩相比，给人感觉是水深浪大。事实上，皇窝下面的大海，的确浪高水寒，由于前边没有岛屿作屏障，来自太平洋的海风经常呼啸着，把几米高的浪赶到沙滩上。

王雪已经来了两天了，她不了解皇窝海滨浴场的特性，在沙滩上跳来跳去，面对大海跃跃欲试。但是她到底没有勇气下水。她被这里的海风和海浪吓得退缩了。

王雪住在皇窝渡假村，这位来自中西部工业重镇兰州的美丽姑娘刚一住定，坏心情就云消雾散了——她站在渡假村的阳台上看到了海。蓝莹莹的大海让她体味到什么叫博大，什么叫辽阔，什么叫无边无际。她随即就给朱新新打电话，说她在连云港旅游了。

朱新新很惊讶，说，你去连云港啦？

王雪说，是啊。

朱新新说，那好，我也去。

王雪的意思，就是想让他来，王雪很好听地说，那太好了。

王雪在电话里告诉朱新新，她住某某渡假村的某某房间，并把这里的好风景形容了一番。

王雪充分利用电话的功能，把自己的愉快的心情传递给了朱新新，同时也等于告诉对方，她已经谅解了他。

说起来，王雪和朱新新不过是因为一点鸡毛蒜皮的小事——每一次都是一些说不上口的小事，弄得她心烦意乱。这一次是因为眼镜。王雪决定重配一副眼镜。王雪原来的眼镜戴了五六年，镜腿有些松了，而且镜片也略有磨损。王雪决定到眼镜店去配一副。王雪并不是太讲究的女孩，但是眼镜还是要好好选择的，毕竟和自己的眼睛密切相关。因此，她让朱新新陪她一起去。她没有说要去配眼镜，而是说逛街——配眼镜当然是逛街的一部分了。朱新新最烦逛街了，哪怕是陪自己的同居女友，他也毫无兴致。朱新新在电话里说，单位加班了，实在走不开。朱新新的单位是电信部门的网控中心，上班时间的确寸步不能离人。可朱新新事实上不是加班，而是和同事在打八十分。王雪不知道他撒谎，就自己逛了步行街，然后去眼镜店。那么多眼镜让王雪选花了眼，造型太夸张的，她不敢戴，毕竟，她是机关公务人员，还是要顾及一点形象的。她是深度近视，眼镜以实用为主，眼镜的的造型不宜太时尚，那会给人花哨的感觉。太普通的，她也觉得不妥，毫无个性和特质。选来选去，她选中了一款，镜框稍扁一些，镜架上带着一个金属小饰品，价格也适合，九百多块钱，没有突破她的心理底线。关键是，这款眼镜配上她的脸型和肤色，有一种清爽和干净的味道。

王雪心里美滋滋的，她戴着新眼镜，重新走到步行街时，觉得很亮堂，觉得和先前不一样了。王雪心情爽朗地走到麦当劳门口，在巨大的落地镜子里照一照。镜子里的女孩高挑、时尚、俏丽，冰清玉洁的。王雪对自己很满意，对这款新眼镜也很满意。为了找找效果，她又从包里拿出那副旧眼镜，戴上。镜子里的女孩立即就有些雾，不够明朗和鲜艳。而缺了镜腿上那个金属小饰物，脸上也就缺少生动的神态。王雪后悔怎么到现在才换眼镜。这款旧眼镜，早该淘汰了。

王雪在路上碰到同事小吴。小吴正和她男朋友逛街，两人亲亲蜜蜜的，看到王雪时，说，怎么就你一个人啊？王雪告诉对方，朱新新加班了。王雪以为，对方会看到她的新眼镜的，会对她的新眼镜发表几句意见的。可对方在她脸上看一眼，并没有发现她的新变化，简单扯两句，就相互打招呼告别了。王雪心里有一些小小的失落，觉得自己变化这么大，同事竟然没有发现。王雪转而又想，人家身边有新交的男朋友，哪有心情顾及你啊。

王雪回到家，等着朱新新回来夸她的眼镜，夸她比先前更漂亮了。可很晚才回家的朱新新，居然和同事小吴一样，没有发现她新配的眼镜。王雪跟他调笑，跟他撒娇，跟他说更多的话，以期引起朱新新的注意。朱新新对他的反常并没有过多的关注。他是打牌太累了，又连输了两局，心里正窝着闷气，对女朋友的新眼镜毫无察觉。后来，王雪渐渐没了兴致，干脆说，你就没发现我有新变化？朱新新吃惊地说，啊？谁变啦？王雪这回是真失望了，她转身从客厅走进了卧室，独自地伤心，独自地落泪，种种的不快蜂涌而来。和朱新新同居大半年来，她好像就没有顺心过，仿佛自己就是一本书，而朱新新就是一个贪婪的读者，书放在书店里，朱新新时时去摩挲，去读两页，一心想拥为己有，可一旦买回家了，就不急着看了，随便地插在书架的某一个格子里，多少天也不急着翻一翻。王雪有一个星期的公休假，她决定离开朱新新，独自出去玩几天，一来散散心，二来，看看自己离开朱新新能不能行，同时，也是对朱新新的一个考验，看他究竟在乎自己有几成。主意一定，她心里反而妥当了，反而踏实了。王雪没有跟朱新新打招呼。她跟谁也没说，第二天就乘上了乌鲁木齐开往连云港的火车。

王雪看许多人都往海里涌，就像下饺子一样，她心里便越发的痒痒。王雪的泳衣不算最俏，但也绝对够得上亮眼，海蓝色的，配上红色的救生圈，往沙滩上一站，她就成了男人目光的焦点。王雪的双脚先让海水咬一口，渐渐的，浪就打在她膝盖上，海水溅到她小腹上。王雪下水的勇气一点点增大。终于，在临近中午、太阳最热的时候，她决定试试水，不然，明天朱新新来了，她不但连炫耀的资本都没有，还让朱新新有优越感。而这天的风息了，海浪，确实也比前两天小了不少。

王雪也学着那些当地女孩，张开双臂往海里冲。她不知道要躲着海浪。而那些淘气的海浪又专门要戏耍她似的，没头没脸就把她盖下去了。等她从海水里冒出头来，抹着脸上的海水，挣开眼睛的时候，眼前的一切都变了，变得模糊不清了。王雪这才意识到，眼镜让海水带走了。

猝不及防的王雪感到很沮丧。她走到自己的太阳伞下，闷闷不乐地喝着饮料。一副眼镜九百多块钱固然让她心疼，最要命的是，给她生活带来了不便。蓦然地，她想起刚来那天，在沙滩一隅，有一个牌子，写着"眼镜招领处"的红字，她当时并没有上心。现在她明白了，眼镜被海水抢走的，还不只她一个人。王雪抱着试试的心情，开始找"眼镜招领处"，还好，她只打听两个人，就顺利地找到了。一个皮肤黝黑的男青年，指着桌子上的一堆眼镜，说，你看看，这里有你的眼镜吗？王雪告诉他眼镜刚刚丢失。王雪意思是说，这堆眼镜里，不可能有她的眼镜。对方说，我知道，你先找一副合适的戴着，等找到你的眼镜，再交换过来。王雪觉得这个主意不错，就开始一副一副试着眼镜。王雪一边试眼镜，一边说，这些眼镜，都是游客丢失的吗？对方说是。对方在王雪的脸上看着。王雪知道他在看她，有些不自然，觉得小伙子的眼睛很尖锐，让她有种刺疼感。

这一副你试试。黑小伙子从眼镜堆里拎起一副眼镜，说，这副适合你。

王雪刚把眼镜戴上，黑小伙子就把镜子送过来了。

王雪觉得镜子里的这张脸，还是自己的脸，不同的是，配上这副眼镜，她的脸顿时生动而活泼了。王雪很满意。

王雪戴着别人的眼镜，下海了。王雪现在聪明了，她让后背迎着海浪。王雪小时候在兰州市体育馆学过游泳，这回是她第一次如此痛快地展示自己优美的泳姿。失去眼镜的不快随着好心情而消失了。这时，她想，要是朱新新在跟前，两人一起玩，一起戏浪，一起堆沙，一起捡贝壳，一起看小螃蟹在沙滩上爬行，一定非常浪漫。

天傍晚时，一个身穿花裤衩的男青年来到王雪的太阳伞下。王雪认识他，他就是那个黑（王雪心里这样称呼他）。黑手里抓着一把眼镜，对王雪说，对不起啊，你那副眼镜没有找到。这都是刚刚从海底捞上来的，可昔没有你的眼镜。

王雪心里感到纳闷，既然找到这么多眼镜，你怎么知道没有我的？

王雪说，这么多啊？

黑说，是啊。

王雪说，我看看。

黑就把眼镜给王雪。黑会拿，抓一把眼镜腿，轻轻巧巧的。等眼镜到王雪手里，等她一副一副查过去，她就拿不了了。黑就在一边一副一副地接住。果然没有自己的眼镜。王雪并不特别的失望，相反，她倒是佩服黑，他怎么知道没找到眼镜，莫非他认识自己的眼镜？

黑安慰王雪道，你放心，我会帮你找到的。请问你住什么宾馆？哪个房间？我找到后送给你。

王雪就把宾馆和房间告诉他。

黑在临走时，对她笑一下，说，我认识你的眼镜。

黑这句平淡又普通的话，让王雪心里咯噔一声，仿佛心跳偷停一次，或者是刀子在她心尖上划一下，隐隐作疼。就算黑是干这个职业的，他能记住她的眼镜，能在人满为患的沙滩上留意一个孤独的外地女孩，怎么能让她不生感动之情呢？也许，她在走进海滨浴场的那一刻，黑就注意上她了。一个没有任何交往和接触的陌生男孩，如此细致地关注素昧平生的女孩，只能有两种可能，一是自己年轻貌美，每一个细节都让对方特别关注；二是眼镜有特色，让对方过目不忘。王雪的内心有一种美好的情素，渐渐洇开来……

王雪是在睡梦中听到敲门声的。王雪睁眼一看，耀眼的阳光打在窗帘上。她看一眼枕头边的手机，已经是早上八点半了。昨天游泳太累，一觉居然睡了这么长时间。谁这时候敲门呢？王雪戴好眼镜，起身去开门。王雪就在对眼镜的度数感觉略不适的时候，突然想到，是不是黑送眼镜来啦？王雪心里一阵狂跳，一阵激越。她觉得这样开门不太妥，自己睡眼醒松，素面朝天，头发凌乱，身穿睡衣，光着脚丫，是不是对人家不礼貌？王雪快步走进卫生间，把头发梳理一下，拿唇膏涂一下嘴唇。她还想换身衣服，让自己正装出迎，一想，算了，来不及了，睡衣就睡衣吧。她把睡衣宽大的领口向上拎一拎，好歹把乳沟遮住了一半。

王雪说，来啦！

王雪放开门。原来是服务员。

房间要打扫吗？

不用了。谢谢。

王雪很失落，身体一下就松了，像是一拳打空似的，抓不着、捞不到的。王雪走回床边，坐下来，想想，莫名地伤感起来。这是怎么啦？王雪把眼镜取下来，拿在手里，让眼前朦胧着。她对自己刚才的失态不能理喻。她呆坐了好长时间，才去梳洗。

朱新新是在上午十点的时候，来到王雪的房间的。王雪对他的到来，已经失去了原有的兴致。只是简短的几句问话，几句交流，像公文一样淡而又淡。朱新新看出来，王雪心里不痛快，便扯痒道，雪，你病啦？哪儿不舒服？

王雪说，你才病了，我哪儿都舒服。

朱新新说，我看你不快活，以为身体不好。

王雪说，那我就哪儿都不舒服。

话不投机，朱新新便站在阳台上，看窗外茂密的树木和稍远处的大海以及人流如潮的沙滩。

王雪心想，我新配一副眼镜，他没看出来，我现在戴一副别人的眼镜，他还看不出来，他心里都想些什么呢？

朱新新转过身来，说，是我不好，我不该跟你撒谎。可你要出来玩，也跟我说一声啊。

这句话倒是让王雪感兴趣，这等于是不打自招。王雪冷笑笑，说，我为什么要跟你说一声？你撒谎都脸不红心不跳的，凭什么要我事事都跟你说？

朱新新说，其实……其实我也不想打牌，是他们硬拉我，我只好说加班了。我不知道你会这样生气。其实这算不了什么事，我也不是恶意的

——有时，撒谎也是善意的。

王雪说，我不生气了。真的，我不生气。我们午饭早点吃，去海边玩吧。

朱新新过来，揽住她的肩，说，真的？都是我不好，我一定要陪你好好玩两天。

王雪说，不了，我们明天就回去。

就在他们甜甜蜜蜜要进入状态时，又有人敲门了。

王雪还以为是服务员，便大声说，卫生不做了。

还不到十一点，王雪和朱新新就出去了。路过吧台时，服务员叫住王雪，说，有人送来一副眼镜，说是你的。

王雪接过服务员的眼镜。那的确是她的眼镜。她有点百感交集，有点曾经沧海。而一旁的朱新新却纳闷了。但他也不好问什么。他看出来，王雪的情绪起了微妙的变化。刚才，朱新新发现王雪换上了一副新眼镜，觉得，这副新眼镜真的很适合王雪。但是他并没有把这个话说出来。他心里升起一股妒意——是谁送一副眼镜给王雪呢？而且度数这么正好，造型也如此适中。谁呢？朱新新的心里打了一个结。

王雪看出朱新新的不快了。她也不解释，还暗暗地得意。

现在，王雪有两副眼镜，一副是她新配不久的眼镜，还有一副，是连云港海滨浴场眼镜招领处的工作人员送的。王雪叫那个工作人员黑。那是一个瘦而结实的大男孩。到了浴场，王雪趁朱新新去买饮料时，要把眼镜还给黑。黑对她摆摆手，说，你留着吧，作备用。

从连云港回兰州后，王雪还是习惯戴着自己买的新眼镜。王雪戴着新眼镜上班，下班，逛街，做家务，生活一如继往的，按部就班的，没有大喜，也没有大悲，小日子一天又一天。但是，偶尔的时候，王雪会看到书橱里的另外两副眼镜。一副是她曾经使用过好几年的老眼镜；另一副，会让她想起那个远在千里之外的大海边的黑，想起被人关注的温馨，想起一些细节，想起内心的爱意和感动。

王雪觉得，每一副眼镜都有着别样的情意和感受。

朱新新也关注她的新眼镜了,而朱新新的关注,却有着另外的心情。他不知道王雪的眼镜是谁送的。有人送一副华贵的眼镜给王雪,这是事实,他看到了。但是他不知道对方是谁,为什么要送一副新眼镜。对方肯定非常了解王雪,不然怎么会送那么合适的眼镜给王雪?连度数都了如指掌。还有,王雪无缘无故跑到连云港旅游,也让他匪夷所思,是有人陪她一起去连云港,还是连云港有人在等她。让朱新新心里别扭和难受的是,王雪天天戴着那副新眼镜进出进入,她从前的眼镜好好的,突然就不戴了。从没听她说过要换眼镜啊。朱新新和王雪一样,也会站在书橱前,看另外两副眼镜。这两副眼镜没有一点残疾,可以说,不比她现在戴的新眼镜差,那么。只能说明,这两副眼镜没有她那副眼镜更有意义。

朱新新经常这样想,他的心事便越来越重。

终于,他们之间再一次出现了严重的争执,起因说起来,不过是正常的日常锁碎的生活——王雪的眼镜突然不见了。王雪是在早上起来时,找不到眼镜的。一般情况下,王雪的眼镜都放在床头柜上的。但是也有例外,比如梳妆台上,比如茶几上,有时候,也会莫名其妙地跑到饭桌上。总之,不管在哪里,很快就能找到。可这一次,任凭她找遍了家里的所有角落,就是没找到。王雪就焦急地问朱新新,你看到我眼镜没有?

朱新新说,没有。

朱新新看王雪焦燥不安的样子,便半阴半冷地说,你书橱里不是还有两副眼镜么,还不是一样戴啊?

王雪说,那也要找到啊。不是有没有眼镜戴,而是好好端端的眼镜怎么会没有了呢?

说者无心,听者有意。朱新新说,我可没藏你的眼镜啊,你那副眼镜,意义非凡,我哪里敢碰啊。

王雪说,你什么意思啊。

朱新新说,我能有什么意思啊,你有那么多眼镜不戴,偏偏要找这一副,什么意思你自己心里有数!

王雪听出来朱新新话是有所指的。朱新新是误解了,就让他误解吧。

王雪便不再说什么。王雪自然想起了大海边的黑。王雪不声不响地来到书房，在书橱里拿出黑送她的那副眼镜，戴上了。

　　现在，王雪就戴着黑送她的那副眼镜。

　　每个人都有自己的心事，如果朱新新和王雪双双走在大街上，又有谁知道他们的心事呢？

签名本

  写了多年文章的老工自费出了本小说集，集子里收了他十多年来创作的大部分小说。这些作品，在别人看来可能不过是普通之作，但对于老工来说，可是精心构架的成果啊。面对飘散出油墨芳香的新书，老工既欣喜又欣慰。

  老工不老，不到四十岁，可他在十多年前就是老工了——朋友们喜欢这样叫他。他一直以来，都是本市小有名气的青年作家，老，不过是从他面相上说的，也和他的沉稳有关。自从老工出了这本小说集，创作欲望更高了，创作状态也极佳，一个月之内居然写了五篇小小说和一个短篇小说。

  本市名望很高的作家小杜是市作协副主席，创作多年，成果颇丰。小杜虽为"小"杜，其实不小，在奔六的途上已经走了七八年。别看他年龄挺大，看上去确实是小杜的样子，这和老工形成了鲜明的对比。不过小杜的热心和乐于扶持青年作者却是路人皆知的。小杜干了多年的作协副主席，又是某报的副刊编辑，在老工出了本小说集后，自然是要表示一下关心和鼓励的，于是，在他积极鼓动下，由老工出两桌饭，小杜找一间像点样子的会议室，并由市作协牵头，召开了老工的创作研讨会。研讨会上，老工送给参会人员每人一本签名本。

研讨会开得很成功。小杜在最后总结时也勉励老工说，可以再接再厉，争取下一部作品更为出色。并拿起老工的小说集，对与会者说，你们要好好珍藏老工的签名本啊，他可是有大作家的潜质的，要不了多久，他就会在全国产生影响了。

　　老工知道小杜主席不过是调侃而已，回家后，继续上班下班，业余时间读读书，有了构思就写一篇。这样过去了半年，老工的一些作品便散见于一些报刊，其中一个小小说和一个短篇分别被品位很高人缘挺好的《百花园》和《雨花》发表。

　　接连的发表作品，老工的心情很好，更加的勤于构思奋发写作了。

　　这天，老工猫在斗室给一篇小说收了尾，自觉轻松了不少，便拎着篮子去菜市买菜，回来时途经一条小巷，看到路边有卖旧书的小摊，有不少旧杂志，他淘到的一本《微型小说选刊》上，居然有他一篇作品，真是喜出望外啊。再翻翻，更让他喜出望外的是，发现了自己半年前出版的那本小说集。旧书摊上的书可都是好书啊，巴金的，老舍的，沈丛文的，汪曾祺的，都是名头很响的名家，自己的一本习作，能跟这些大师的书混在一起，他能不高兴？老工花了三块钱——是定价的五分之一，买下了书，他打开一看，是签名本，再一看，是他半年前送给市作协副主席小杜的那本。这可是意外之中的意外啊。老工盯着自己熟悉的签名看了好一会儿。

　　"五一"过后的某一天，老工到天津参加完一个笔会回来，刚洗了澡，本市作协副主席小杜就登门造访了。寒暄一番，小杜说，老工你如今不得了啦，成了国内著名的小小说作家啦。老工笑笑，说，还不是这些年得到你的鼓励和支持啊。小杜说哪里哪里，还是你自己勤奋好学啊，这不，我刚办了退休，在家也没什么事，主要是读读书，写写文章，今天来你这里，一是跟你取取经，学学小说怎么写，二呢，跟你讨一本小说集——就是你自己的那本……你也该送一本给我啊，要签上名的。老工含糊其辞地啊啊着，想起他在旧书摊上买到的那本书，就进了书房。

　　老工从书房出来时，珍重其事地把书给了小杜。

小杜一脸的笑，打开扉页，小杜的笑就停在了脸上。但小杜接着又笑得灿烂了。小杜说，老工，你该签今天的日期啊。

老工说，一样一样。

老工很客气地把小杜送下了楼，又送到了大门口，老工说，你走好，杜主席。

偷　菜

　　住在一单元 201 房的潼慧刚打了个瞌睡，就醒了。她种在开心网里的菜是午夜十二点熟，不按时收菜就会被别人偷了去。她看看手机上的时间，十一点三十五分，算了，不睡了，她今夜要收的是人参，值大钱的，别睡过了头。现在起来吧，到好友家去看看，偷他们的菜。

　　丈夫大猫睡跟懒猫一样，她看一眼，悄悄地滑下床，溜到书房，打开电脑，挨个好友家里窜，偷点青草、西瓜、兔子什么的，心情无比的快乐，当她到真水无香家的菜地时，她家的熊猫还有三分钟就可以偷了，潼慧突然紧张起来，心里嘡嘡地跳，如此珍贵的动物，估计有好多人都在等着偷啊，她要守着菜地不走，一定要在第一时间偷到大熊猫，这可是最值钱的宝贝啊。

　　啊，偷到了！潼慧兴奋地大叫一声，仿佛真的中了头彩。她意犹未尽地查一下，居然有七个人等着偷，七个人啊，居然让她抢了先，潼慧再次"啊"地尖叫一声，偷到了！

　　隔壁卧室里传来丈夫的喝问声，有毛病啊，半夜三更的，给不给人睡觉啦？

　　潼慧对着电脑伸下舌头。

　　潼慧继续在电脑上偷菜，偷了一圈后，赶快到自家菜地看看。她家一大片人参还有两分钟就可以收了。潼慧比先前更加紧张。根据经验，凡值钱的东西一旦临近成熟时,等候偷菜的好友至少有好几个,甚至十几二十几也是有可能的。潼慧心想,可不能让别人抢了先,自己耕地、播种、浇水、除草,个把星期了,好不容易盼来了收获,如果叫别人偷去了,她会哭天喊地伤心的。潼慧从一分钟开始倒计时,在数到五秒的时候,她就开始点击鼠标了,哇,谢天谢地,让她收到了,潼慧再次尖叫一声,比先前两次尖叫更加情不自禁,也更加响亮。

搞什么鬼啊!隔壁丈夫这回不光是喝问一声,他还蹦下来跑到书房,怎么回事啊?

潼慧不好意思地转头说,对不起啦老公,人家偷菜的嘛。

你脑子进水啦,半夜三更的,不知道我明天要起早赶稿子啊。丈夫恶声恶语地说,偷什么菜!偷菜偷菜,你多大啦?还玩这些低级趣味的游戏,有意思吗?

潼慧知道先生在单位干秘书,经常帮领导写讲话稿,闹了个神经衰弱,睡眠一直困难。但是,潼慧也是满心委屈的,觉得丈夫一点情趣都没有,现在全国人民都偷菜,你又不是出土文物,装什么纯洁啊。潼慧不想让丈夫不开心,便半娇半慎地说,尖叫一声怎么啦?你不就是喜欢尖叫么,在床上……

得得得,不许再扰民啦,再闹,我可把你撵出去啦。丈夫狠狠瞪她一眼,又回去睡了。

但是潼慧真是没记性啊,她在别人家的菜地里不知道又偷到什么值钱的东西了,变本加厉地狂叫一声。

这回丈夫可真是忍无可忍了,他跑到书房,二话没说,就把潼慧往门外推,走走走,要叫出去叫,我可受不了你了。

没容潼慧解释和讨饶,她就被关到了大门外。

潼慧只穿一身睡衣,没带钥匙也没带手机,她惟一的办法就是敲门。可任潼慧怎么敲怎么喊,他就是不开。潼慧软硬皆施,先是说,好老公,我错了,我再也不偷菜了,你快开开门啊。说了半天没见动静,潼慧生气了,她嗵嗵地拍门打门,大声斥责他。但是丈夫仿佛不在家一样,就是不开门。潼慧实在没办法了，又软下来，求丈夫开门，并保证，再也不在半夜三更偷菜了。

连潼慧都不知道自己在外面站了多久，没有半小时也有二十分钟。她进屋后，本想跟丈夫再发个小脾气的，但终究因为没有力气加上夜深人静，还是作罢了。

潼慧人是睡在床上了，可心还在她的菜地里。

第二天，潼慧一觉睡到九点，醒来时，丈夫已经上班走了。潼慧简单洗漱一下，便出门，她要上街买菜，弄点好吃的，慰劳一下老公，也算是弥补自己的过失吧。

但是潼慧一出门，遇到麻烦了，家住一楼的吴大妈，坐在她自己开垦的、有两张双人床那么大的菜地边，恶眉恶眼地看着她，仿佛等待她多时似的。潼慧本想跟吴大妈打个招呼，看她情绪不对，便作了罢。

吴大妈呸地在潼慧的脚后跟吐口唾液，骂道，看起来人模狗样的，原来尽干些偷鸡摸狗的事，半夜里偷我老婆子的菜，算什么东西啊，能偷菜就能偷人，我一个老婆子，种几棵西红柿容易吗，种几棵茄子容易吗，你偷了去，吃了也不怕中毒啊！

潼慧听出来了，吴大妈小菜园里的菜被偷了，可听话听音，怎么怀疑她潼慧啦。潼慧脚下犹豫着，想回头解释一下，又听家住二楼的王妈从二楼窗子里探出头来帮腔道，吴妈你起劲地骂，偷菜人走不了多远，我半夜里也听到了，哼！

这王妈因为倒垃圾的事和潼慧吵过一架，说这话明显也是别有用心啊。潼慧心里着慌了，她解释还有用吗？

我们一起熬夜

白天是我的夜晚。情况就是这样，我白天睡觉，为了就是夜里的生意。所以，夜晚就是我的白天，熬夜，就成为我日常的生活。

了解我的人都知道，我夜里精神很好不仅仅是白天睡了一天的觉，也不仅仅是在街头做生意——我和老婆在十字街的转盘边摆一个夜排档，生意并不算好，也不算坏，忙时少闲时多——我的精神好，多半原因，是我喜欢观看街头的景致。我是一个对什么都好奇的人，这一点和我老婆差不多，比如街头走过一条流浪狗，我们会议论半天；比如有人在路边争吵，我们一定要听出个所以然来；比如马路边突然多了一个女疯子，过两天又突然不见了，我们会猜测，说不定被哪个流浪汉收养了；比如呼啸而过的警车，我们会琢磨着要去抓谁，并马上联想到自己身上的那点劣迹；比如突然而至的车祸；比如一个醉汉，一个残疾人，一个穿露脐装的红头发女孩等等。有时候我还会呆呆地想，发生这么多事情，为什么就不能发生天上掉下来一麻袋钞票的事呢？我估计我老婆和我有着同样的想法。我还估计，有着这种想法的人有一大堆。

还是闲话少说吧，还是说说我们这些熬夜的人吧。

我在街边搞夜排档，卖夜吃，苦点熬夜钱，接触的人，都是熬夜的人。我喜欢"熬夜"这个词或者短句，一个"熬"字，隐藏了多少酸甜苦辣，比彻夜未眠、夜不能寐什么的精准多了。

我的夜排挡，生意主要集中在三个时段，第一个时段是晚上六点到八点，来我排挡上吃饭的人，都是正常的晚餐，他们主要是打工一族或晚饭无着的单身汉，这批人还不能算是熬夜者；第二个时间段是午夜前后，就是十一点到一点之间，这就沾点熬夜的边了，他们大部分是牌友或麻将迷，从他们的言谈里能听出来；第三个时间段是在凌晨三点到四点左右，也是我要重点介绍的。

　　话说在这个凌晨三点的黑夜里，街灯和往日的街灯一样，苍白而模糊，树和它们的影子，在夜里亦没有丝毫的变化，空气里有一些灰尘和露水的味道，当然，还有我排档上的油烟味或者酸臭味，总之，所有的一切，都是我熟悉的。我向路东望去。我坐在客人们常坐的方凳上，用拳头支着下巴，胳膊放在长条桌上，向东，一条叫郁洲路的路口，我认真地望去。那里的灯光里，马上就要出现三个女孩了，我不知道她们是从郁洲宾馆的俱乐部还是从郁洲夜总会下班的，再往东一点，是一家更著名的踏库仔歌厅，也许她们是从那里的金色门厅里走出来的吧？谁知道呢？这条路上的歌厅、舞厅、桑拿房、夜总会太多了。不过，我认识她们，并不是在这些娱乐场所，而是在我的排档上的一次次吃饭的过程中。我还从她们互相的称呼里，知道了她们的名字（也许是绰号），那个最矮，也是最漂亮的，叫洋玉；留着长发，身条丰满，长腿长胳膊，喜欢穿短裙的，叫马丽；那个圆脸、圆眼、圆嘴、圆鼻子、圆屁股、圆胸脯，这么说吧，就是身上无处不圆、始终是笑嘻嘻的女孩叫汤元元。

　　她们出现了，在灰蒙蒙的路灯里，走过来了，依然是三个人，依然是软踏踏的、浑身无力而心满意足的样子。我看一眼时间，她们比平时晚来了五分钟。

　　我老婆拿眼睛盯我一下。我知道，那是指示我干活的信号，同时，也是警告我少看两眼。我老婆曾经说过，让我别看多了扎进眼里拔不出来。我只好打起精神，站起来，把炒锅在煤气灶上放放好，从桶里挑出三碗面——每次都是这样，她们只吃炒面。

　　她们各有风致地坐下了。

"三碗炒面。"汤元元说。

"马上就好。"我大声应着。我知道,这次是汤元元付账,我已经摸透了她们的规律了,谁叫面,谁付款。

"每碗多放一块钱肉末,好不好?"汤元元又说。

我老婆边给她们摆台,边答应好,又跟我重复一句:"多放一块钱肉末。"

"牛肉的猪肉的?"我问。

"牛肉的猪肉的?"我老婆问。

"随便,"汤元元说,"我要猪肉的,另两碗,也是猪肉的。"

我听汤元元的话里,缺少些许滋润和水灵,便在操作时,偷眼看过去,发现她平时的笑消失了,脸色苍白而模糊,眼影灰暗,再看洋玉和马丽,她们也是哈欠接着一个哈欠,很疲劳的样子。洋玉挤了下眼(恕我直言,她挤眼的动作很丑,我都后悔看她这个动作了),拿胳膊碰一下马丽,说:"你他妈的,要不是挨到元元请,今天该你出血,你比我们多赚两根,是不是?"

马丽一笑,虽然无力,却很开心,一个哈欠过后,说:"是三根,我操,狗日的那么大方——不许你们跟我抢啊!"

洋玉不屑地哼一声,很干涩地说:"也就你当宝贝,不就是钱多吗,我还看不上眼哩。"

汤元元说:"还说,不是你磨蹭,我们就不会晚下班这么长时间了。"

马丽说:"多熬五分钟,还叫时间啊——我也是被缠得没办法呀,你们又不是不知道,狗日的那么能缠,我都被缠死了,你们还笑!"

"好了好了,不说了,喂,老板,炒老一些。"汤元元说。

我应一声,把准备出锅的炒面又多抄几下,然后分装在三只碗里。

我老婆把炒面端过去的时候,我也该熄火了,可我面前站了一个人,我下意识地一看,是诗人。诗人也是来吃面的,不过他不应该这时候来,他应该在三个女孩吃完付账以后,才从那条黑洞洞的小巷晃过来的。我已经掌握了诗人的规律,往日都是这样的。我跟他说过话。他也跟我说过话。他告诉过我，熬这么长时间的夜，都是在写诗。或者说，都是在读书。对于这样的人，我老婆很瞧不起。我也瞧不起，读书能读出钱来？写诗能写出钱来？不过，只要他来吃饭，就是爷，财神爷。他蓄着须，戴着大框眼镜，趿着拖鞋，穿一条大裤衩和一件花汗衫，把披肩的长发扎成一束，像帝王一样踱着步子，朗诵着刚刚竣工的一首诗，脸上洋溢着高贵的神情。每次都是这样的，他走到我们排档前，带着冥思和苦想后的得意，优雅地跟我说，来一碗面。可是今天，不知道三个女孩晚来了五分钟还是因为诗人又早来了五分钟，总之，三个凯旋而来的小姐是不应该和诗人相遇的，但是，今天，他们注定是相遇了。我很快炒了一碗面，让诗人端走。诗人对我的排档突然出现三个美若天仙的女孩有些不适应，他略一犹豫，就在女孩的对面坐下了。诗人没有立即吃面。他假装拿醋和酱油，顺便多看看他对面的三个美女。诗人的情绪有些微妙的变化，只有我能看出来的那种内心的波澜。而三个美女，也似乎拘谨起来，不再说话，并且小心地吃面，完全没有她们工作时的大方，也许这才是她们的本质吧，谁知道呢？这都是她们晚来五分钟造成的。

既然秩序已经乱了，我想，那对老情侣，也应该骑着他们的三轮车过来了。

但是，仿佛从天而降似的，从某个角落里，风一样跑来三个追风少年。这可是我的新客人，凭我的记忆，他们是第一次在我的排档吃饭。我突然的兴奋，觉得今天生意特别的好，定是一个好兆头。

三个少年坐下后，我的排档突然有些人气了。一个尖下巴的很俊俏的男孩说，大叔，给我们做三碗面，牛肉的。

他们叫我大叔，我心里嘭嘭跳了几下，这不是说明我已经老了么，其实我才三十多岁。

我发现，少年叫我大叔的时候，汤元元对着碗偷笑了一下。

大叔就大叔吧，只要你们吃我面，叫我老爷爷都行。为了让他们对我的排档留下好印象，我特意给他们多放了一点牛肉末。

三个少年吃饭的时候，我发现尖下巴的男孩身上背一只包，这只包让我眼熟，让我突然想起了往事。这是一只牌子叫枫树的造型奇特、质量上等的包，我也有一只，是我的初恋女友小婧在不久前送我的。小婧从北京偷偷回来看我，给我带来这只包，说没有别的意思，就是想送我一点什么。十年前，是她一定要跟我分手的，分手的时候，我们穷得连一只装衣服的箱包都没有，是我拿出仅有的一百多块钱，给她买了一只旅行箱。为此，她很感动。十年后，她在北京混好了，突然想起来看我，并给我带来这只包。我不知道小婧是什么意思。老实说，对这只包，我也没有太上心，只是撒了个谎，瞒过了老婆，随便地挂在了家里的衣架上，偶尔会瞥它一眼，也只是淡淡的。但是，在这种场合，看到同一种牌子的包，自然会想起小婧，自然会拿小婧和汤元元她们比较。我心里还是动了一下，为远在北京的小婧担起忧来。

三个少年吃得很快，他们没有像女孩子们和诗人吃饭那么矜持，他们大口大口狼吞虎咽的样子，让我想起我的小时候。

我的思绪很快就回到了现实，因为我感觉到，那对老情侣，该来了。

是的，他们过来了，在路西边，海连路的路口，一个五十岁上下的男人，蹬着三轮车，刚爬上桥坡，他幅度很大地歪扭着身子，很吃力的样子，我仿佛看到他挥洒的汗水。他就是我夜排档上的常客老吕，老吕是扫大街的，他负责清扫的大街就是有许多娱乐场所的郁洲路。他的三轮车上，有两把大扫帚，两个大粪箕，另外，还有一个女人。女人年龄和老吕相仿，头上顶着一方红色方巾，是我们这儿乡下女人常顶的那种，主要功能是用来防尘，而顶在她的头上，突然多了一份韵致，也让她年轻了不少。女人我也叫得上名字，叫长霞，我是听老吕常常这么唤她的。当然，长霞也常唤他老吕。长霞和老吕干一样的活，也是扫大街的，她清扫的是南边的那条路，我们都叫老疙瘩路，这是五十年前的路名了，现在，这条路叫新富路，不过，城市的老居民，还是习惯叫老路名。

老吕的三轮车在我排档前还没有停稳，老吕就大声说，两碗面！

长霞也是没等车停稳，就矫健地从车上一跃而下，她迈着大脚，吧嗒吧嗒的，找了个地方坐下，乒乒乓乓地拿两只碟子，两双筷子，又给两只碟子里倒上辣椒酱和醋，招呼道："老吕，过来坐！"

老吕说："你坐，我停好车就坐。"

老吕和长霞的两碗面刚刚做好，估计老吕和长霞还没开始吃，一辆警车悄悄停在三轮车旁边了。

老吕紧张一下，忽地站起来。

长霞说："吃你的吧，怕他个熊！"

老吕还是有些怕，他疑惑地坐下了。

倒是三个少年和三个女孩，照样一声不响地吃着面。

警车里钻出来三个警察，他们站在警车前，分别煞煞裤子，伸伸胳膊，掏掏耳眼。煞裤子的走到我跟前，问："有什么好吃的？"

"只有炒面。"我抱歉地说。

伸胳膊对掏耳眼的说："炒面就炒面，我女儿最喜欢吃了，我也尝一回。"

掏耳眼的继续掏耳眼，没答话。

煞裤子的说："三碗。"

这三碗和三个少年的三碗一样，都是我们计划之外的。诗人，小姐们和老吕两人，是我的老主顾，三个少年已经让我惊喜了，而这三个警察，让我喜上加喜，他们从未在我的排档吃过面。这辆警车我倒是不陌生，老看到，可能是我们这一带的巡警，一个夜晚，要在大转盘绕好几圈。今天大约实在饿了，跑我这里吃碗面，也可能呢，是我们周围有什么情况吧。

三碗面很快好了，警察也坐下来开吃了。

我的餐桌上，第一次在凌晨三点十五分的时候，出现了满座的喜人局面。三个下班的小姐，三个追风少年，三个夜巡的警察，两个上班的清洁工人，一个潇洒的诗人，他们很拥挤地坐在同一张餐桌上，吃我用同一种方法烹做的炒面，他们味口相同，就像一家人，他们味口相同，就像共同拥有一个胃。

第一个吃完面的，是女孩洋玉，她把包放到腿上，从包里拿出一包面巾纸，抽出来一张，又拿出一面镜子，洋玉一边照镜子，一边用面巾纸擦拭着嘴唇。这时候,马丽也吃完了,她把洋玉的面巾纸拿过来,抽出来一张,递给了她对面的诗人。诗人吃惊地一愣神,旋即点点头,接过面巾纸,表示感谢,等他咽下一口面之后,又对马丽一笑,仿佛是追加一次感谢。诗人大约很少得到这样的关怀吧,对意外得到一张面巾纸而分外高兴。三个女孩中,最后一个吃完的是汤元元,她把碗轻轻一推,身体一甩,那只漂亮的小包就到她的胸前了,她从包里又拿出一只银灰色的钱包,从钱包里抽出一张一百的新钞,递给了我老婆——我老婆在她甩包的时候,就适时地走上前去了。

我老婆见到钱,很献媚地一笑,一边找钱去了。

三个女孩离开的时候,是打的走的。诗人转头望了她们一眼,拿起那张面巾纸在脸上擦一下。警察也目送她们上了车。其时我老婆正在收老吕的钱。老吕掏了一张五块的,送给我老婆,又对长霞说:"你身上有没有一块钱?"长霞爽快地说:"有。"长霞在身上掏,她把两个口袋都掏过了,没有掏出钱来,嘀咕道:"奇怪呀,我零钱呢?"老吕说:"算了,找吧。"老吕又给了我老婆一张五块的。

我老婆找了四块钱硬币,老吕没有接,而是扬一下下巴,说:"给她。"

长霞就把四块钱硬币接过去,灌到口袋里了。长霞脸上漾起一圈妩媚的笑容。我想,她有理由高兴,不但一分钱没花吃了顿夜饭,还意外地得到了四块钱。

老吕从三轮车上扛起了一把大扫帚,向东边的郁洲路走去了。

长霞又骑着那辆三轮车,向南的老疙瘩路骑去。一会儿,隔着转盘中心的花园,东边和南边,几乎同时响起了扫地声。

三个少年也吃完了,是尖下巴付的账。

我看到,三个少年在离开的时候,有一个警察,盯着尖下巴的少年看。一定是尖下巴少年的那只包,引起了他的注意。莫非警察和我一样,也想起了往日的情人?

本来,按照时间顺序,第二批吃完的,应该是诗人。诗人今天太矜持了，炒面是一根一根数着吃的，那一根根面条，就像他的诗行一样金贵。这样，他就落到了第四批。诗人吃完面，摸摸口袋，又在大裤衩上拍拍，露出惊愕的、遗憾的神态。诗人说："不好了，一高兴，忘了带钱了。"

一个警察抬起头来。

我老婆赶快说："没事，没事，都是熟人，明天一起算。"

诗人说："那不好意思啊，我明天一起带来。"诗人手里捏着马丽给他的面巾纸，也走了。

最后离开的，是三个警察。

这时候，天已经有亮的感觉了，我准备收摊。

我一边收摊一边想，我们都是熬夜的人，诗人回家干什么呢？他熬了一夜，写了一首没人知道的诗，他这首诗，也许在几十年几百年以后，会被人朗诵，会被某个国家选进课本，就像历史上的李白、杜甫那样出名，也许呢，没有人再提起他——不管怎样，他肯定要在白天好好补一觉的。而那三个小姐在睡觉前，肯定会和我老婆一样，先数一数夜里赚了多少钱。至于老吕、长霞，还有巡夜的警察以及三个职业不明的少年，他们都很辛苦，他们白天也是要休息的。由此，我得出一个结论，不论你们熬了什么样的夜，只要熬了夜，白天就得把缺的觉补回来。他们共同的状态和我一样，就是，补觉，就像他们饿了肚子，共同坐在我的桌子上吃炒面一样。

我现在就正在补觉。我老婆也在补觉。可我迟迟不能入睡。我的脑子里老是晃动着他们的影子。我仔细辨别着这些影子，其中有一个人，竟然是小婧。想到小婧，我便悄悄地下了床，来到客厅的衣架旁，看看小婧送我的那只包。奇怪的是，那只包居然不见了。我首先想到，是不是让老婆给藏了起来。但是我突然就大惊失色了，想到那三个职业不明的少年，心里咯噔一下，坏了，我们家遭贼了！

惴惴不安

和女同事逛街，是胡丽叶最近最快乐的事，没有之一，就是最快乐。快乐归快乐，不如意甚至是烦恼也和快乐一样如影相随——她什么都买不成，她看好的，女同事看不好，女同事看好的，她又嗤之以鼻。

胡丽叶当然不想和丈夫成兴旺逛街了。从前也和成兴旺逛过，那可真是活受罪，她要买什么成兴旺都说好，都鼓励她买。可买到家，大部分东西连她自己都后悔，衣服是过时的，包是老款式的，鞋子虽然好看，鞋跟又太细了，就连花大价钱买的那款项链，也很难有合适的衣服来配，真让她伤透了脑筋。其实这些还在其次，关键是，成兴旺那不耐烦的表情和事不关己的神态，让她实在不能容忍。

又到了周末，成兴旺照例地忙——无非是和那些狐朋狗友一起喝酒打牌。胡丽叶便约老同学解小鱼出去逛街。胡丽叶在电话里说，烦死了，没人陪我逛街了，小鱼啊，你反正是一个人过嘛，闲着也闲着，陪我逛街去啊，我想买顶帽子，你帮我参考参考。电话那头的解小鱼打一个喷嚏，受宠若惊地连说了几个好。其实买帽子也是她灵机一动想起来的，总不能毫无目的地逛吧，那也对小鱼太不尊重了。

既然说是买帽子，想想也算不错的一个主意，天气渐渐冷了，一顶好看、时尚又御寒的帽子也是必不可少的，所以她和解小鱼在步行街见面后,就直奔瑞雅阁帽子专卖店。男人的眼光和女人就是不同,胡丽叶挑选的帽子,解小鱼总是认真地看,对色彩、造型都有专业的评价,对胡丽叶试戴的帽子,更是以专注的目光来欣赏,然后提出自己的看法。这些观点和看法,往往都很切合胡丽叶的心,和胡丽叶的审美情趣完全吻合。

帽子在长达近三个小时的选择过后,终于看中了。一问价格,吓了她一跳,三千八百八十块,还不打折。胡丽叶虽然不缺钱,也没想到一顶帽子要这么多,她以为百把二百块钱撑死了。但到了这时候,说不买显然不光是面子上不好意思,也对不住解小鱼煞费苦心地参谋啊,何况这顶帽子确实好看,洋气而不失朴素,华丽而不失大气,对她的脸型和肤色也非常匹配,如果抛去昂贵的价格不谈,真是太完美不过了。

胡丽叶心里虽然一惊,还是很从容地刷了卡。

回到家后,胡丽叶有些忐忑了,一顶帽子花了就算四千块钱,成兴旺要是问起来如何解释?虽然他对她买的东西从来不关心,可也不排除例外啊。何况,这帽子又是解小鱼帮着参谋的,成兴旺会不会吃醋呢?这是完全有可能的,解小鱼是她高中同学,前一阵他们同学聚会时,解小鱼一玩二笑地说他当年暗恋她,这让她嘭嘭心跳了一会儿,因为当年她也对解小鱼有好感。相隔十多年的这次同学聚会,勾起了她对青春美好回忆的同时,心里也产生了一些蠢蠢欲动莫名其妙的情愫,对新近离婚又事业失败的解小鱼心生了怜悯和同情。成兴旺老奸巨滑,会不会通过一顶帽子联想些别的?

胡丽叶有些惴惴不安了。

晚上,成兴旺回来了。他手脖子上新戴了一块手表,这是一块价值二十八万的瑞士梅花表,是女地产商黄慧祺送给他这个副市长的。成兴旺一直犹豫不决,要不要把这件事情告诉给老婆。如果送他手表的,不是美女大款黄慧祺,而是别的什么人,他会很摆显地跟胡丽叶说。但是黄慧祺就不一样了,黄慧祺跟他不光是金钱上有交易,在肉体上也有交易。是说还是不说呢?最近热炒的文强案,文强的老婆就是知道文强和许多女人有染，才把文强许多鲜为人知的受贿交待出来的。这事给成副市长带来了许多启发，仅就这块梅花表来说，还是不对老婆说为更好。可老婆要是问起来怎么办？她是个心细如针的女人，又是个醋坛子，这回不说，万一以后让她知道了，那可是比害眼还厉害啊。

想到这里，成兴旺也惴惴不安了。

杨聋子的基本行状

我朋友杨聋子是画家。

我也是画画的,在我没跟杨聋子做朋友的时候,他就是画家了。而且,似乎很多人都知道他,时不时有人提起杨聋子,特别是在画画的时候,大家指指点点,说这一笔,要是杨聋子画,应该怎么着怎么着,这一块,要是杨聋子动笔,应该如何处理,等等。这当然是二十多年前的事了。二十多年前,杨聋子只有四十出头岁,在麻纺厂设计室做一名工艺美术师,可能是收入很低的缘故吧,常常给一些报纸搞搞插图或画个刊头什么的,苦一包烟钱,或一顿早餐钱。

我第一次见到杨聋子,是和朋友合作画广告牌的时候。那天画的广告牌是大街上的护栏广告,在室外工作,天气又冷,虽然说"钱头有火",但,哈手冻脚的,大家干得还是极其没劲。这时候,杨聋子到了。杨聋子骑一辆破自行车,一手扶把,一脚搭地,对我朋友说,大陈,苦钱也不带我啊?大陈转头看是杨聋子,仿佛见到救星似地说,怎么不带你?不是找不着你吗?快点下车,动手啊。

就这样,有了杨聋子的加盟,三块广告牌,到天似黑未黑的时候终于完成了。那天是我第一次见识杨聋子干活的手艺,一是快,二是好,三是节约,我才知道,为什么大家常常提到他了。

收拾了工具,大陈就到公司去拿钱,让我和杨聋子在街边一家大排档点菜喝酒。我和杨聋子点了三个菜，一盘水煮虾婆，一盘水煮花生米，还有一盘红烧肥肠。杨聋子不时地伸出他那双拿画笔的手，到盘子里捏一个花生米扔到嘴里，问，大陈怎么还不来？拿没拿到钱啊？说着，伸着头往街口望，好像怕大陈独吞了钱似的。

大陈慌慌张张跳下自行车，杨聋子就迫不及待地问，钱拿到啦？

拿到了。

大陈坐下后，从屁股后边掏出钱来，当场分钱。一块牌子八十块钱，按说一人八十块正好。可杨聋子是在我们干到快中午时才来，应该少拿点。但这话我没说，我以为大陈会提出来的。大陈就是不提出来，杨聋子也应该主动提出来。有意思的是，大陈不但不提，杨聋子还跟大陈多要了五块。杨聋子说，我早上吃饭花了五块，应该多给我五块钱。大陈爽快地说行。

过后我问大陈，广告牌是你接的，请客也是你的，你怎么让杨聋子多拿钱啦？

大陈说，你不懂，杨聋子干活多漂亮啊。

这倒是。我想。

有一次，大陈把百货大楼临街一百多米长的橱窗装饰接下来了。晚上，我和大陈一起到杨聋子的宿舍，看到杨聋子正在画画。他屋里堆一盆火，火盆里是些乱七八糟的东西，能烧的不能烧的，全被他用作取暖的柴禾了。我们到他屋里，他还在破口大骂。我以为他屋里还有别人，听了半天，他是在骂这该死的天气，说全世界没有比连云港再冷的天气了，而且单位还不发取暖费。骂了一阵，才听大陈跟他说干活的事。接下来，杨聋子扔了画笔，和我们一起研究如何干活，采用哪些技术等等。他只顾自己喝水，突然对我们说，他三天前调到群众艺术馆了，做专业画家了，正赶一张国画，准备去省里参加展览。我们恭维他几句之后准备离开，他走几步对大陈说，我们搞橱窗要不要用颜料？大陈说用啊。他说，我卖点给你，我今天刚从单位领来几盒水彩，也用不完。大陈说，你明天带来吧。杨聋子还是不放心地说，这可都是好颜料啊，十二块钱一盒子，我卖两盒，二十块钱，够意思吧。

但是，第二天，我们在干活时，迟迟不见杨聋子。一直到小晌响时，他才跑来。大陈还没问他干什么去了，他就主动说，晦气啊，那些狗东西真是有眼无珠啊，我夜里翻墙头到群艺馆画室拿几盒颜料，看大门的就让联防队把我送到派出所了，难道就没认出来我是群艺馆新调来的画家？还非让馆长去接我不可，真郁闷，我也没客气，跟馆长说了，我本来连夜就赶出来参加省展的那幅画的，这下好了，事耽搁了。杨聋子说到最后，呵呵一笑，得意地说，也没上当，馆长请我吃了顿早餐我操！

杨聋子说完，拿脚踢踢地上的一堆东西，从一个布包里拿出两盒颜料，往地上一丢，说，没耽误用吧。

大陈心领神会地说，没耽误，二十块钱不少你的。

一年后，杨聋子就调到北京国家画院了。杨聋子的画确实好，特别是去年参加省展的那张，得了一等奖，又参加全国美展，得了金奖。杨聋子就是凭着这个金奖，调到北京的。

杨聋子在国家画院任展览部主任，我在他到任半年后去找过他。那时候，我也刚到北京进修中国画，心气很高，想在国画界一展身手。去找杨聋子，无非是向他请教请教，拉拉关系，套套近呼。杨聋子很热情地招待了我，在一家小饭馆请我吃一盘猪耳朵和一盘炒鸡蛋。只是在埋单的时候，杨聋子忘了带钱包了，由我付了账。杨聋子很抱歉地说，没吃好啊，下次我请你到前门去吃北京烤鸭。

烤鸭没吃成，杨聋子就死了，还是头部的毛病——杨聋子一只耳朵聋，就是脑子里肿瘤压迫造成的。

以上就是我认识的杨聋子的基本行状。在我们小城，杨聋子一直是个有争义的名人。但是，我却特别喜欢他。

美丽成双

房地产大亨金万章新近死了老婆。这让他既悲伤又窃喜。悲伤是因为毕竟夫妻一场,朝夕相处,特别是开头几年,老婆也跟他一起吃过苦受过累。窃喜呢,呵呵,套用那句俗话就是,中年男人的三大喜事,发财、升官、死老婆。这三条他都占着了,发财,他早就发大财了;升官,虽然当个省人大代表也不算升官,那也不是谁想当就当的啊;最后一个喜事死老婆就更是实实在在了,言下之意是,可以名正言顺地再找一个年轻漂亮的老婆了。

三个月之后,经朋友介绍,他认识了会计事务所美女会计姜乐乐。姜乐乐是那种热情大方而又成熟稳重的女人,三十出点头,除了单位的事,平时也帮几家小公司代账,收入不错,他们第一次约会,就互相留下了好感。金万章觉得姜乐乐有才有貌,举手投足都还得体,年龄也相宜——虽然比自己小了十几岁,在生活理念、情感趣味上,也基本能够合得来,如果再小几岁,恐怕代沟就更深了,相处会更困难,而十几岁的年龄落差,说大不大,说小不小,双方都可接受。更为关键一点,姜乐乐也并不是完全看上他的资产——也许不排除这方面的因素,但姜乐乐有她自己的事业,房子车子也不缺,这一点,尤其难能可贵,至少说明姜乐乐是有主见的女人,是个能过日子的女人。姜乐乐呢,对金万章虽然没有那种一见钟情的冲动,或者少女般的欲望,但她对金万章也并非一点不了解,她老早就知道有这么个完全靠自己打拼出来的房产大亨，也知道他乐善好施，人品虽有绯闻，但哪个大款又没有呢？说实话，对于这些靠实力起家的家伙，她还是钦佩的。没想到有朝一日他会可能成为自己的丈夫。姜乐乐不是那种太封建的女人，离异她都不在乎，何况是死了老婆的人。第一次见面，姜乐乐就从内心里接受了他。

到了他们这个年龄，相爱的速度是不眨眼的。第一次见面之后，很快就在电话里交流了几次，隔天再见面时，情投意合水到渠成就上了床，而且双方感觉都很好。云雨见真情，过夜才知爱，连续的几天，他们形影不离，一起喝咖啡，一起郊游，一起泡温泉，一起看小电影，甚至通宵达旦地海聊，双方都有相见恨晚的感觉，很快就开始了谈婚论嫁。

姜乐乐总得让娘家人见见这个大龄夫婿啊。于是在一个阳光明媚的日子里，金万章见到了姜乐乐的妹妹姜小娅。这其实是姜乐乐故意安排的。姜乐乐这样对金万章说，金条（姜乐乐对他的爱称），明天我妹妹从南京回来，一起吃个饭啊，顺便让她对你审核一下。金万章正沉醉花下，乐乐说什么他都开心，还说，明天我要给你妹妹一件礼品啊。姜乐乐故意不乐地说，不许讨好我妹妹啊，她疯起来没边没界的。

姜乐乐一句随意的话，让金万章浮想连翩，什么叫没边没界？什么叫疯？金万章从乐乐的嘴里听说过这个姜小娅，不光是才女，更是美女，南京大学毕业后，直接读研，目前正准备毕业论文，笔头子好，嘴头子也不饶人，是全国大学生辩论赛冠军组的一辩。金万章满心想在姜小娅面前表现一下，便和姜乐乐一起上街，处心积虑地给小娅挑了一条白金项链。

第二天，他们在咖啡馆见面，姜小娅果然气质不凡，仅从外表上看，就比她姐姐靓丽多了，高挑，性感，超短的连衫裙，让两条裸露的胳膊又细又长，丰满的大腿更是诱人眼球，再加上一双顾盼生辉的眼睛，真是难得一见的美人啊，就连见过世面阅人无数的金万章都禁不住垂涎欲滴了。但，对方毕竟是未过门的小姨子，自己可要稳住劲、沉住气啊，既不能乱了方寸，也不能拘束迂腐。但甫一交手，他就感到吃力了，比如他假装清高地说，咱们说点别的吧，别老说钱啊房价啊。小娅眉毛一挑，说，谈钱好啊，不伤感情，谈感情最他妈伤感情了。姐姐用腿碰她一下，示意她说话注意分寸，她反而更放肆更快乐地说，嘻嘻，别人装处，我只好装经验丰富嘛。金万章关心地问她最近学习怎么样，毕业论文会写吗？她切一声，说，我这辈子恐怕只有两件事不会。金万章真诚地问，哪两件啊？她又嘻地一笑，说，这也不会，那也不会。连姜乐乐都被她惹笑了，说，小娅就是太幽默让人受不了。岂之，小娅对姐姐的夸奖并不领情，假装生气地说，什么幽默啊，这叫睿智，懂不懂啊？乐乐调侃她，说也不快找个白马王子管管。小娅一副苦恼的样子说，白马不知道跑到哪里吃草还是行骗去了，把我的王子弄丢就不敢来见我了。姜乐乐可能对她的睿智真的受不了了，正色地说，像你这样没心没肺的样子，会受骗的。小娅不屑地说，骗子太多了，傻瓜明显不够用啊，我要不傻，骗子不是失业了嘛。

随着谈话的增多，渐渐的，气氛也放松了。姜乐乐拿出那条白金项链，给小娅，说，是金条送你的。小娅收了人家的礼物，说话收敛了一些，当金万章夸她是才女时，她也认了，说其实我也没什么才，不过是五分钟写一首诗。金万章鼓励她来一首，她没用五分钟，随口就来了，说说我的现状吧，姐，你也听啊——

一个人，睡觉

一个人，起床

一个人，坐在闹市街头的餐厅

一个人，走在丽影双双的街头

一个人，骑着单车游离在城市的街道

一个人，听着耳机里传来的情歌乘坐着公交车

一个人，看着夜幕降临的万家灯火

一个人，坐在电脑前看着韩剧

一个人，横躺在床上望着天花板

一个人，独自面对无助无奈的生活

一个人，继续面对着天空发呆……

金万章连声说不错，还鼓了几下掌。姜乐乐没听出不错在哪里，只觉得今天带妹妹来可能是个失策。

姜乐乐的担心是有道理的。在此后的几天中，金万章越发的觉得姜小娅的可爱，她和姜乐乐可是完全不相同的两类人啊。如果有可能让金万章在姜乐乐和姜小娅之间选择，他会毫不犹豫就选择姜小娅的。可现在，他还有这个机会吗？金万章决定冒险试探一次。金万章把那天喝咖啡时，用手机拍的小娅的一张照片发给她，还附短信说，你的照片很美，应该由你保管。还在连云港吗？

他以为姜小娅不会回的，没想到她很快就回了，而且充满了暧昧甚至是挑逗：美吗？你留着玩吧。你知道我还在连云港的，等着你请饭呢。不过，谢谢你的牵挂啊。金万章读了小娅的短信，心跳加速了好一会儿，这可是他好久没有过的啊。他干脆一不做二不休地把自己想好的一个主意用出来，于是又发短信说，有一件事情，想跟你说，我有个双胞胎弟弟，他去年离异了，事业上和我差不多，想认识你，你们能见见吗？小娅的短信说，可以啊，这有什么？你和姐姐也在吗？金万章一阵窃喜，觉得已经成功了一半。他赶快回短信说，我有事不能陪了，你姐姐我还不知道，我让弟弟想单独见你，行吗？他等会给你打电话。小娅回短信说，那好吧。

过了五六分钟之后，金万章用另一部手机给小娅打了电话，约她十一点在云台宾馆酒吧见面。

在十一点之前的一个小时里，金万章做了两件事，一是浑身上下新换了一套衣服，二是和朋友换了一辆车。这样，他冒充一个子虚乌有的弟弟，就不会穿帮了。至少在短时间内不会暴露。

约会很顺利，小娅也的确不像那天喝咖啡时那么散漫和随意，而是有一点小小的淑女的风姿。只是有一阵，小娅盯着他，噗哧一笑，说，你和你哥哥太像了。金万章说，是啊，我到我哥哥的单位，他们都叫我金总哈哈哈。小娅好奇地说，不叫你金条？金万章说，不叫，那是你姐姐的专利，我公司的人会叫我金砖哈哈哈。小娅也笑了。随着谈话的深入，小娅逐渐显露出活泼、多情而又知性的一面，也会说些同学们之间的趣事或老师的段子，气氛越发的轻松愉快了。午餐他们喝了一点法国葡萄酒，小娅脸色绯红，话也多起来，每一句仿佛是诗，或格言警句。比如，小娅说，茫大的地球上，能和你相遇真不容易，感谢上天给了我们这次相识，这次缘份，也感谢姐姐和金条。小娅甚至还轻轻唱起了歌：

……
换了新的照片
同样的背景和笑脸都没有改变却少了我的脸
night
有了新的改变
换掉了香水和房间里的白色床单但我却不习惯
迷迷忽忽进进出出
越来越无助
我开始想念
也开始怕黑
有你在身边
不曾停过电
我开始后悔
也开始心碎
踩进这棉被
偷偷掉着泪
你不在我身边

金万章感觉时机已经成熟了，他把用在姜乐乐身上的那一招试图用在小娅的身上。根据他的经验，应该是百试百爽的。有些醉意的小娅真的也很配合，她略做羞涩状，便随着金万章来到云台宾馆五楼贵宾套房。他们迫不及待地拥抱接吻了。但是，当金万章想进一步深入时，小娅却推开了他粘在她乳房上的大手,说,金块,今天我感觉不好……而且,这事,我还得想想……

小娅坚决离开了宾馆。

金万章虽然有些失望,觉得这出戏还能继续演下去。

金万章一边和小娅约会,一边和姜乐乐保持密切的交往。他一个人扮演两个角色一点也不觉得累,相反的,还有一种别样的刺激。只是,他现在考虑的是,如何抛开姜乐乐而一心一意和小娅好。不然,迟早会穿帮的,那样的话,很可能鸡飞蛋打,一个也捞不着。而且,现在的问题已经有一些危机了,姜乐乐已经知道他还有一个双胞胎弟弟了,已经知道这个弟弟正试图接近小娅。金万章虽然见过大世面,虽然胆识过人,什么事都能做出来,但在这件事情上,他还是想不出两全其美的办法来,实事求是地和姜乐乐摊牌吗?他拿不准那是个什么样的结果,就这么演下去吗?显然更不是长久之计。

一天下午,在金万章金碧辉煌的大房子里,姜乐乐正和金万章讨论婚期,金万章的电话响了。这是金万章和小娅的专用手机,他边接边走进卫生间,小声地告诉小娅,他现在有事,不方便接电话。恋爱期间女人的敏感是无与伦比的,姜小娅早就感觉金万章的鬼鬼祟祟了,加上小娅说好只呆三天就回南京的,可已经一周了,小娅还没走。因此,姜乐乐怀疑金万章的双胞胎弟弟就是他假冒的。有了这个想法之后,姜乐乐开始对金万章多方面的信息进行监控和留心,特别是昨天,姜乐乐从金万章竞争对手那里了解到,他并没有什么双胞胎弟弟时,已经基本证实这个弟弟不过是空穴来风。但是,姜乐乐也拿不准,万一真有这个弟弟呢?所以,在征得小娅的同意后,姜乐乐跟金万章说,我今天有空,晚上约小娅和你弟弟吃顿饭吧,小娅明天要回南京了,我也想见见你弟弟,他叫什么?金块?有意思哈,我看他对我这个做嫂子的认可不认可啊。金万章当然没有理由拒绝了,他当即同意。姜乐乐说我们几点走啊?金万章说,我怕是没空了,今晚余市长约我谈事情的……余市长我可得罪不起啊,就你去吧,没事的,我弟弟挺好的,你看了就知道了。

晚上，在五味咖啡馆里，小娅和金块正在说笑，姜乐乐来了。姜乐乐跟金块打一声招呼，便坐在他们对面了。金块虽然勉力装出自然的样子来，但还是略显的慌乱。他翘起的腿不停地颠动，以掩饰内心的紧张。其实，姜乐乐一眼就识破了他的诡计，他的袜子上，有姜乐乐用红笔做的一个暗记。

这个故事到这里已经结束了。

需要简单交待的是，两天后，姜小娅回南京继续她的研究生学业。到了秋天，她又考上了剑桥，到英国读书去了。而姜乐乐还在她会计事务所上班，至今单身。

乒坛高手

朋友打来电话,说,打乒乓球啊。我说,打啊。朋友说,是比赛。我说,比赛就比赛。

朋友来了,A君。A君还带来一个朋友,B君。二人一身短打,包里装着球拍,一副专业的样子。A君说,这些年,还不知道你老兄是乒坛高手。我说,我可也不知道你呀。B君说,可不是,要不是A君说要来找你打比赛,我还真是高手寂寞呢。如此,互相吹捧一番,A君和B君迫不及待地热身。我是旁观者,一眼看清,这二位,都是业余当中的高手。

热身后,比赛开始。如我所料,二位水平难分伯仲。打满两局,胜负各半,而且比分也相当接近。第三局分胜负,A赢了。

接下来,轮我上场了。

A君胖,汗多,气喘。他说,B君,你先和他搓一把,等会我再上。

到这时,我知道,再隐瞒也没用了。我说,二位,中午我请你们吃饭。

A君说,吃饭不慌,先搓几把。

我只好说,我不会打啊。

B君说,别逗了,你能不会打球。

真的不会。我说,眼睛里大约流露出极多的诚恳。

少废话,A君说,早就知道你是高手,走起来。

我说，好吧，看来，不当众现丑，你们是不会相信了。我从后腰的皮带上拔出球拍。

A君惊呼一声，还是横拍。

我挥拍上阵，有些张牙舞爪。

练几球。B君吆喝一声，底气有些不足，可打过来的球我还没反应就从我腋下钻过去了。我捡起球，一拍子扇过去。

A君B君看着球从屋顶上弹下来，大笑。

他们以专业的眼光从我的击球中看出我真的不会打球。

但是，此后，在文艺界，我却是人们公认的乒乓球几位高手之一。高手里自然有A君和B君。最初宣扬我名气的也是二位先生。那是一次多人聚餐。席间，有人夸我诗歌又有精进。尔后，A君说，陈先生不光诗好，乒乓球也棒！一旁B君马上佐证，不错，这家伙，打起球来属于现代派的，或者叫新感觉派，在文艺界，怕是没有敌手啊。AB二君是乒乓水平早就名声在外，既然这两个家伙不遗余力地夸我，我自然也就是名正言顺的高手了。

只是，再有携拍来挑战者，都被我一口回绝。

大　师

　　朋友们都说我是个话涝。可话虽多，却并不幽默，平时虽然呱呱叽叽喜欢说说笑笑，基本上都是些平常的大白话，没有什么值得记录的。不过有几句话，朋友们都牢牢记住了，并在坊间流传，比如，鄙视我的人那么多，你算老几？比如，我不但手气好，脚气也不错！再比如，你说什么？你喜欢我？其实，我一开始……跟你说实话吧，我也挺喜欢我自己的。更经典的是这一句，世界是我们的，也是儿子们的，但最终，是那帮孙子们的。

　　我朋友老夜，在报社当副刊记者，他平时倒是个挺幽默的人，经常讲一些好玩的段子，比如他讲两个记者，一个是晚报的，一个是日报的，到农村采访一老农民，老农民先问那个漂亮的女记者，你是哪儿的？女记者不想说是晚报的，因为一般的老百姓，都觉得晚报比日报矮一截，因此女记者含糊其辞地说，报社的。老农民又问男记者，小伙子，你哪里的？小伙子习惯了优越感，随口说，日报社的。老农民忍不住噗哧一笑，说，你们城里人真会罗嗦，干脆说是两口子不就得了嘛。

　　可见老夜的幽默细胞是何等的强大啊。但只要我在场，他一般都不讲话，因为他的幽默，有时候并没有我偶尔的大白话更有趣味。

　　不过，老夜讲话没有趣味，并不能说他本人没有趣味。他的趣味，体现在不同场合的大师级风采上，这是谁都否认不了的。有几个关于老夜的段子佐证如下：

段子之一

老夜不光是晚报的副刊记者，他还是作家，写小说，也写散文，还是市作协理事。不过他的作家头衔实在有些名不符实，说是沽名钓誉也不为过，因为他除了在本市的杂志上靠几顿吃请发表一两篇所谓的小说而外，另外发表的散文和所得的奖项，基本上都是在他自己编辑的版面上了。好在，老夜自己还算有自知之明，他在有影响的作家面前，从不谈自己是作家，连记者都不说，而是拿出能镇得住对方的东西来摆摆显。一次，他和著名作家老杜在某宴会上相遇，同席都是文艺界的虾兵蟹将，老夜见大伙都围着老杜转，有些受了冷落，不屑一顾地说，我今天怎么跟你们这些酸文人鬼混到一起啦，真没劲，我约好要去打乒乓球的，拍子都带来了。又得意地说，你们不知道吧，谁他妈现在吃饱了撑的还写作啊，写那些狗屁垃圾，谁看啊，是不是老杜？我早就不玩那个了，我玩乒乓球了，哈哈，我还得过全国第三名啊。见没人相信他的话，只好自潮地说，不过，是旅游城市乒乓球比赛第三名，哈哈，我还是报社团体赛的三号主力啊。

果然，他的话一结束，许多人都对他刮目相看了。

段子之二

某天，几个人在某俱乐部打乒乓球。一会儿，老夜来了。老夜热了几下身，跃跃欲试的。他看几个家伙都是高手，平时和他们对阵，都是输多赢少，决定挑一个软柿子捏。他观察一番后，认定那个小个子不是他的对手，就挥拍上了阵。可几个回合下来，感觉对方技艺不但超群，对乒乓球的理解更是独道。老夜自知不是对手，又不好意思下来，猛冲猛打几板之后，输了，而且输得很难看。他一边擦汗，一边跟几个熟人说，操，我是作家，天天写小说，哪像你们，四肢发达，头脑简单，我要像你们天天泡在这里，保证杀得你们片甲不留！

段子之三

老夜去了一趟西藏。临去之前，买一部数码相机，临时抱佛脚请人教了几招。到了西藏之后，也确实拍了不少西藏的风光照片。特别有一张，是拍生长在岩石缝里的一棵小草。老夜颇为得意，觉得是一张稀世佳作，一回来，就在许多人面前展示。他把相机拿出来，对人说，来，看看，看看，给你们看看什么叫艺术，什么叫光与影。特别是在那些写作的人面前，更是人来疯，在强迫别人欣赏了他的艺术照片之后，自我吹嘘地说，怎么样？谁敢跟我玩艺术，我玩死他。但是，有一回，他撞到了一个真正摄影家手上，摄影家实在看不下去他的无知和张狂，用专业的术语对他的摄影作品进行了切中要害的评价。老夜这才有些不好意思，但他很快就找到了平衡点，收起相机，说，你们只会拍照，可我还是作家，我给我的艺术摄影配上散文诗，作品品格就不一般了，哈哈，这可是我的优势。摄影家也不是吃素的，调侃老夜道，对，你是作家当中摄影最好的，是摄影家当中文章最好的……之一。这句话让老夜真不服气了，什么之一，就是最好的。

段子之四

我们这些写写画画的人，在一起混吃混喝是常有的事，不免会和餐馆打打交道，闹些小误会小冲突什么的也不奇怪。每当这时候，出面的，都是老夜。

有一次，我们一桌十几个人在一家餐厅喝酒，席间上来一道菜，有个美女从菜里吃出一根钢丝来，一看就是刷锅时弄进去的。老夜见了，立即跟服务员说，去，叫你们老板来。服务员再三道歉，老夜就是坚持要老板出面，并很有优越感地说，我是报社的记者，让你们老板来说清楚，否则，我一曝光，你们饭店就死定了。服务员毕竟没见过世面，赶快跑去喊来了老板。老板发了一圈烟之后，承诺再送一道菜来。老夜亮出了记者证，说，不行，送一道菜算什么，我们身心受到严重伤害，食欲大减，关键是，吃菜吃一根钢丝，给这位美女的心理造成阴影，让她以后再也不敢到饭店吃饭了，这损失谁来负责？老板只想大事化小，小事化了，他摸透这班穷酸文人的本性，好人做到底地说，好好好，这样，今天这顿饭，我请了。老夜心里接受了老板的慷慨，嘴上还是不依不饶说了一通，还警告说，这次就不曝光了。

这件事情，老夜更是吹嘘了好多次。直到有一天，听人家说，得罪了饭店老板可不是什么好事，他让大厨子烧菜时，吐口痰在锅里，你也得吃，就是弄点地沟油烧菜，你也不知道。老夜说，他能那样做？职业道德也太差了。对方看着老夜，半晌，才问，职业道德？大家要都讲职业道德，这社会就没有大师了。老夜仿佛感觉到什么，立马说，走，打球去。

老夜就是这样的大师，在什么人面前，都有优越感，能做到这点，真是殊为不易啊。

古立军

城市的夜有些暧昧，不像是夜了，路灯无处不在。路灯照在《海城早报》的院子里，把夜班校对古立军的影子分割了好几块。

大圣路上的路灯是橘黄色的，路灯离他很近，他的影子很短；唐僧路上的路灯是乳白色的，离他较远，他的影子又细又长。

古立军还有别的影子，灯光分别来自大圣路那边的白骨精大厦和唐僧路那边的张果老大厦，另外，早报所在的新闻大厦上的灯光和不知来自何处的灯光，也把古立军的影子弄出了好几个形状。如果从气味和色彩上分辨，古立军的影子，有的属于过去，有的属于现在，有的，是不是属于未来呢？

古立军应该是在十六楼早报的校对室上班，和他坐对面桌子的，是同事兼主任吴娟。几天来，古立军的行为有些反常，年轻貌美的少妇吴娟看在眼里，琢磨在心里，她穿着超短的裙子，在古立军身边走来走去，丰满的臀部或胯骨，会不经意地碰他一下。古立军抖着手里的校样，嘟囔着说，什么狗屁稿子。吴娟看着古立军，看他还有什么话说。古立军果然就有话说了，他说，我下班了。吴娟说，现在刚九点，你清样啦？古立军说，十七版规定九点付印的，现在正好九点，编辑拖时间，他天天拖时间，我凭什么要跟着他拖？时间都是你们规定的，他编辑有事，别人就没有事啦？古立军站起来，点一支蓝一品梅，转身就走。古立军这种作派，已经连续好几天了，只要付印时间一到，不管编辑的版面下没下来，他都按时下班。吴娟拿她没办法。每个单位都有刺头的，可古立军和别的刺头不一样，他有背景。吴娟跟他是曾经的邻居，知道他的背景。吴娟不敢跟古立军多说什么，她做一个试验，在古立军坐在椅子上、两只脚叠起来放在桌子上抽烟的时候，她把自己的衣领弄开来，让蕾丝花边的胸罩露出来一大半，让含饱待放的乳房蠢蠢欲动，可古立军仍是一副熟视无睹的样子。吴娟还用她擅长的话来挑逗他，也曾几次把他的目光引到她的酥胸上……如此三番五次，吴娟就知道，古立军的病又犯了。

吴娟目送着古立军走出校对室。

但是，古立军没有走，他在楼底的院子里徘徊。灯光把他的影子弄出各种造型来，长长短短，肥肥瘦瘦。古立军已经抽了好几支烟了。古立军一边徘徊一边注意着大门口，他期待着一辆白色面包车驶进院子。可是，进来了几辆车，都不是白色的面包，古立军越来越焦躁了。古立军知道，十六楼校对室的吴娟正在窗口看他。古立军不用抬头，他就知道，吴娟趴在窗户上，屁股噘得老高。古立军这点自信还是有的，就像他知道他现在的父亲不是他父亲、母亲不是他母亲一样，吴娟这个主任，也是他父母专门安插在他身边的内线，她的代号叫美女蛇。古立军什么都知道，他不过不说而已。

在古立军最后一支烟抽完的时候，那辆他记忆里的白色面包车，他期待已久的白色面包车，缓缓地驶进了院子，面包车在他身边停下，车上下来他的父亲和母亲，还有两个穿白大褂子的医生。两个医生一左一右架着古立军，上了面包车。

坐到车上，古立军心里踏实了许多。古立军从身上掏出一盒烟，说，抽根烟吧。高个子瘦医生看着他，矮个子胖医生也看着他。他们看着古立军在空烟盒里掏一下，什么都没有掏出来。高个子医生和矮个子医生相互看一眼，又不约而同地看一眼古立军的父亲。

没有烟了。古立军说，我知道你们要来，我在院子里等你们都一个多小时了，你，个子挺高的，有点结巴，你，这么胖，还驼背，你们应该换一下，让你结巴，让你驼背，高个子驼背，看不出来矮，矮个子结巴，也是结巴，少说话就行了。

高个子医生和矮个子医生都没有搭理古立军。

古立军说，你们不说话，等会我也不说话。

高个子医生说，那好吧，我问你，他，他是谁？

高个子皮包骨头的手，指向古立军父亲。

古立军说，少来这一套，我不认识。

矮个子医生说，她是谁？

矮个子豆虫一样的胖手，指向古立军母亲。

古立军说，不认识。

然后，车子里所有人都不说话了。

白色面包车一直开进海城精神病康复中心。

高个子医生拿一只苹果，对古立军说，这，这是什么？

苹果。古立军说。

高个子医生又拿起一只苹果，说，这，这是什么？

苹果。古立军说。

高个子医生拿起第三只苹果，说，这，这是什么？

苹果。古立军说。

高个子医生还想拿第四只苹果，古立军没等他拿，便说，你别拿了，你手边的盘子里，全是苹果，你不应该这样结巴，你应该这样，这是，是，是什么？

矮胖子医生拿着一张白纸，上面是古立军的履历表。

矮胖子医生说，你叫什么名字？

古立军说，古立军，十口古，一点一横，两眼乱动，不动不动，再来一横，这是什么字？这是立，军队的军。

矮胖子说，你哪一年出生？

古立军说，1970年。

矮胖子说，在哪里读的小学？

古立军说，王羊巷小学。

矮胖子说，在哪里读中学？

古立军说，师大附中。

矮胖子医生还想问，古立军说，你别问了，你手里是我的履历表，就是我填写的，我能从头背到底。你听着，我背一遍……

十天以后，高个子瘦医生经过精心准备，又开始对古立军进行了第十次测试。他把一盘洗净的苹果端进带铁栅栏的病房，面无表情地和古立军相对坐着，相隔大约一米左右。

高个子医生拿一只苹果，问，这是，是，是什么？

古立军看着，向前倾倾身子，说，橘子。

很，很好。高个子又换一只苹果，说，这是，是，是什么？

古立军看着，向前倾倾身子，说，香蕉。

高个子脸上露出了笑容，拿第三只苹果，说，这是，是，是什么？

古立军看着，向前倾倾身子，说，甜梨。

在高个子医生拿第四只苹果的时候，古立军说，你不用费事了，我知道你的意思，我对你直说了吧，你盘子里的全是炸弹，定时炸弹，咬一口，轰，全炸了。不过，你结巴倒是像个结巴了，比以前有进步了，不过还可以这样，这是什，什，什么？

就在当天，矮胖子医生也取得了突破性进展，古立军完全不知道自己姓什么叫什么，连出身年月都说成了几百年以后的日期。

高个子医生和矮胖子医生终于松一口气。

矮个子医生迅速把诊断结果告诉了古立军父母。古立军父母的脸上，也露出了久违的笑容。古立军父亲说，我知道这孩子，他要是不认识我们的时候，就是……

矮个子医生没等古立军父亲说完，就拿出诊治方案，让古立军父亲在方案上签字。古立军父亲愉快地签上了自己的姓名。

古立军母亲对医生说，孩子恨我们，都怪那时候，我们让警察把他铐进你们医院的。

古立军父亲说，二十年前的事了，别说了。

古立军母亲说，你们还要用电电他么？

古立军父亲说，医生的事，你别多问。

三个月以后，高个子医生对古立军进行了康复测试。高个子医生拿着一只苹果，对古立军说，这是什，什，什么？

古立军心不在焉地说，苹果。

高个子医生又拿起一只苹果，说，这是什，什，什么？

古立军看都没看，说，苹果。

高个子医生拿起第三只苹果，说，这是什，什，什么？

古立军还没等他话音落地，就抢先说，苹果。

高个子医生在拿第四只苹果时，古立军说，你身边的盘子里全是苹果，刚上市的红富士苹果，不过你不应该这样结巴，你是结巴当中最没出息的一种，你应该这样说，这是什么，么，么？

高个子医生说，很好，你痊愈了，了，了。

轮到矮个子医生测试了。在矮个子医生给他做测试之前，矮个子医生笑容可掬地说，听说你都会挖苦人了，不错，不错，你能把你的履历表背一遍吗？

古立军就流利地背一遍自己的履历。

古立军是自己走出康复中心的。他全愈了。

古立军乘电梯，来到十六楼，来到他熟悉的校对室，来到他自己的办公室门口。他显然来早了，校对室还没有人来上班，吴娟也没来上班。古立军掏出钥匙，开门。可是，古立军开不开门，门被反锁起来了。古立军拍着门，大声嚷道，开门，吴娟你开门。吴娟隔着门说，你等等，嚷什么嚷！你是从康复中心偷跑出来的吧？吴娟把门放开来了，古立军看到十七版编辑坐在古立军的椅子上，古立军还看到吴娟衣衫不整。古立军说，我来上班的。古立军的意思是说，我不知道十七版的编辑在屋里，我不是有意要来看什么的。吴娟说，上班？谁通知你来上班啦？古立军说，我岗位就在这里，我上班，还要人来通知？吴娟说，胡总是分管我们的副总编，你问问他，我没权力让你来上班。

事隔三个多月，十七版编辑荣任副总了，现在成了胡总。古立军虽然感到奇怪，但很快就不奇怪了。古立军在另一把椅子上坐下来，说，胡总，你看，我回来了，我想上班。

胡总说，你的事情，早报党委很重视，对你隐瞒病史，我们就不准备追究了，但是，你暂时还不适合上班，特别是不适合在校对这样重要的部门上班，我们研究决定，你暂时待岗，每月发四百块钱生活费。

古立军腾地站起来，说，你开玩笑吧，四百块钱还不够我抽烟的！

胡总说，你不要跟我喊，你的情况确实确实严重，再说，报社党委的决定也是慎重的，是符合劳动部门有关精神的。

可是我没有病，我什么病都没有！我好好的，我什么都知道！

你什么都知道？是啊，喝醉酒的人，都说自己没喝醉。胡总领导一样地笑笑，说，你没有病？你没有病，怎么会在精神病康复中心治疗了三个多月？我们去回访过，中心说你表现尚可，能够配合中心的治疗。

他们……他们……你们……

胡总用手势压压他，示意他冷静。胡总说，你不要激动，你刚出来，不宜激动，你还是先回家吧，要多休息。要不，这样吧，我们打电话，让你父母来接你回家。

我要找社长！

古立军甩手出门了。

吴娟在后边追上他，塞给他一份今天出版的《海城早报》。

古立军怒气冲冲地来到了社长办公室。社长的话和胡总如出一辙。古立军对报社不报希望了。古立军决定上告。古立军来到劳动部门的权益保护中心。又是中心。古立军对"中心"有些反感。但是，他顾不得反感了，他要把情况向他们汇报。中心领导是个女同志，听了他的陈述之后，让他看了一些条例，又很耐心地跟他做了解释，最后说，报社的决定是正确的，对你已经是很照顾了。

古立军在大街上漫无边际地走着。他不像先前那么激动了，他甚至有些漫不经心。许多车辆从他身边一滑而过，许多人和他并肩而行，许多事情从他脑海里像气泡一样地往上翻滚，他竟然什么事情都不在乎了，包括二十年前，他父母第一次把他弄到精神病康复中心，包括……他觉得所有的怨恨都是无聊的。他觉得只有此时的走路是愉快的。他一直走到太阳消失，一直走到路灯亮了。他在吴承恩广场的路灯下坐下来，从身上拿出一叠报纸，这是今天出版的《海城早报》，是好心的吴娟塞给他的。他打开报纸，从头往后看，在十七版上有一块四分之一版广告。十七版是他从前负责校对的版面，他对这个版尤其关注。他看到那块四分之一版广告了，竟是精神病康复中心的广告，广告词是这样写的：市精神病康复中心的专家们，用最新的科研成果，辅助中药制剂，治疗各种原因引起的精神疾病，其表现为，烦躁易怒，冲动打人，幻听幻觉，胡言乱语，抑郁多疑，失眠多梦等，具有疗程短、见效快、不易复发等优点……因为职业习惯，古立军把这块广告反复看了好几遍，竟没有发现一个错别字，他不知道现在这个版的编辑是谁，他还拖版吗？

  不过，古立军还是在那块广告上发现了问题，他对广告上的"专家们"和"最新的科研成果"表示怀疑。古立军决定去找高个子瘦医生谈谈，是他治好了高个子瘦医生的结巴病——如果结巴是病的话。

  古立军是在凌晨时分，走进精神病康复中心的。

  他勾着脑袋，虾着腰，有些疲惫。

  但是，他还是发现走错了地方，这里不是"中心"，也不像是他曾经工作过的早报，这是哪里呢？这是哪，哪，哪里？

一张美发卡

我也不知道，我为什么就买了这张美发卡。

那天完全是个意外。我的意思说，整个一天都是意外，早上出门时，天意外地下起了小雨，没有任何征兆的，在下雨前一分钟，甚至还是阳光灿烂，亮闪闪的细雨丝，就穿透阳光，落在我身上了。我本来可以一弓腰，以百米冲刺的速度，跑向320路公交车站的。可是，走在我前边的那个女孩，似乎没有我反应这么强烈，她只是仰望一下天空，继续款款地、身姿优美地行走在人行便道上。她身穿红色的连衣裙，裙摆似乎短一些，腿就显得特别的丰满和修长，加上美臀细腰，长发飘扬，我不由得就被吸引住了，情不自禁地跟着她走了半站路。她说不定也是去公交车站的，我想，她能在突然而至的雨中保持淑女的风采，我为什么要狼狈逃跑呢。

她从随身的包里往外拿雨伞时，我认出她来了。她不是和我同在一幢写字楼上班的小艾吗？难道她今天也休息？如果不是休息，她应该朝相反的方向走，乘地铁去公司的。

这又是一个意外。不过我只知道她叫小艾，别的就都不知道了。

我紧走两步，赶上她，招呼道，小艾。小艾看到我也很意外，她撑起伞，惊喜地说，你啊？我还以为被坏人跟踪了呢。我也开心的乐了，呵呵笑道，谁让你这么漂亮啊。我的话显然让她特别享受。她把伞往我头顶送送，说，干嘛去啊？我说没事，准备去书店看看的。她说，哦，淘书啊，我做完头也去看看。我看一眼她的头发，略略烫染过的头发很时尚，似乎并不需要再打理了。你要做头发啊？我的意思是说，她的发型够好了。她侧过脸，看着我，说，是啊，要不你也来理发？正好陪陪我，然后我再陪你去淘书。我欣喜地说，好啊，走。

前边一拐，就是一家规模很大的美发中心了。

不一会儿，我的头发理完了，小艾的头发还在做。

结账的时候，我要帮小艾付账。小艾跟我说，别，我有卡。

收银的服务员跟我说，先生，你也办张卡吧，你看，每次能打七折的，一次性买两张卡，可以打五折，多划算啊。

是啊，小艾在一边帮腔说，办一张吧，反正你也要理发的，他们家不错的，我老来做头发。

本来我还犹豫的，叫小艾这么一说，我也很爽地掏出三百块钱，办了一张。

那天和小艾在外边瞎逛了一天，我们不但一起去理发店，还一起去书店，一起吃饭，一起吃冷饮，甚至还去美术馆看了展览，在美术馆宽敞的大厅里，我们还牵了牵手。对我来说，这是一个难得的休息日，也是一个难忘的休息日。

从和小艾片言只语的交谈中，知道她从那家公司辞职了，下一步工作还没有着落。她表示，能在这么一个交替时期，和我玩了一天，心情也很快乐。所以，分手的时候，就有些依依的，互留了电话，互道声再见，就各自回家了。

此后很长一段时间，我和小艾没有再联系。她可能换了别的工作了，而我也天天奔波，不是在班上紧张地工作，就是匆匆行走在上班的路上。偶尔也想到她，但也只是一个念头而已，约会是纵然不敢的，第一我没有钱，第二我没有时间，第三也不知道对方的确切信息。直到有一天，恰逢休息，我要去理发了，才决定给她打个电话。

电话里，她情绪不太好，似乎很疲惫，说人在墟沟那边，问我有什么事。我说也没什么事，准备理发了，想起你，就打个电话。她听了，勉强笑笑，说，那家美发店不错的，不过我可能以后去的机会不多了，我在墟沟这边，因为理个发，跑五六十里路吧，也不划算。我想也是，就说，有机会见个面吃个饭吧。她也答应一声，就跟我道了再见了。她可能很忙，也可能心情确实不好。总之，她的情绪感染了我，我手里拿着理发卡，随手扔到桌子上，今天不理发了。

  不理发只是一时的情绪。过几天，感觉头发长得实在不像样了，还是去理吧。可是，理发卡却不知丢到哪里了。我在桌子上，抽屉里，钱包里，电脑包里，衣服口袋里，床上床下，能找的地方都找遍了，就是不见它的踪影。无奈中，抱着一线希望，我跑到那家美发中心，咨询一下怎么办。对方回答说，理发卡是不记名的现金卡，没有登记，不能补办。

  就这样，三百块钱办的理发卡，只用一次。就是说，我那次理发，花了三百块钱。

  那天本来只是去书店的，意外地遇到了小艾，又意外地去理了发，更加意外地买一张理发卡，现在丢了理发卡算不算意外呢？唉，想为未来可能的好处提前埋单，未来还没到，好处先丢了。

  我决定给小艾打个电话。但电话打通以后，我又决定不提理发卡的事了。说这个有什么意义呢？难道还要怨怪人家小艾？小艾这次的情绪要好一点，声音亮亮的。我说你情绪不错嘛。她说当然啊，不在那家单位干了，刚辞了工作，心情自然好啦。我有些不解，说，辞了工作，心情还好？她说那是。她又说，对了，下午我请你剪头发吧，我知道你有理发卡的，不过我还是想请请你……那天都是你请我的，除了做头发。我说，啊啊，是是……你过来啊，我请你吃饭，吃冷饮。她说，还有看展览啊。

蓝花菜

一

小区的草坪里，运来一车山土，培在新栽的绿化树下，几场春雨后，新土里冒出许多新芽，绿得醒目。又几天，甩开嫩头。我认出它们来了，居然是蓝花菜。

某天，带孩子回家，路经草坪时，告诉孩子这叫蓝花菜。孩子好奇，说蓝花菜好干什么呢？我说不好干什么，蓝花菜是一种野草，过几天，园艺工人要来把它拔除。说话间，我突发奇想，何不将它移回家，栽在花盆里玩呢？我对孩子说，这样吧，我们把它移回家，栽在花盆里，看看它会长成什么样子。孩子很高兴，伸手就拔。我说不能这样，要连根带土。我示范着，拔了一株。就这样，我和孩子每人拔了一大把蓝花菜，回家分别栽在两只花盆里。

也没在意，每天只给它浇些水。个把星期之后，蓝花菜抽茎生叶，蓬蓬勃勃地长满一盆，油绿葱郁得让人惊叹，细细地观察，发现蓝花菜的茎是横卧的，节上生着小须，叶子互生，卵状披针形，有点像竹叶，很好看。孩子生日那天，我把它从阳台上端到客厅的茶几上，客厅里顿时活了起来。

二

早上锻炼去新浦公园，绕着湖跑圈，湖边的杂草里，会有几棵蓝花菜，和杂草挤在一起，一点也看不出它有多么的出奇。

新浦公园的南边有一块空地，十几二十年前的露天电影就是在这里放的，后来租给商人改成儿童乐园，又不知什么时候拆除了那些破铜烂铁，成了一片野草地。草地中间有一条小沟，沟里有水，有人在沟边种几垄山芋。山芋并不起眼，让我吃惊的是沟两沿居然长满了蓝花菜。我还从没看过这么多的蓝花菜，比种植栽培的还旺盛，呼呼啦啦藤藤蔓蔓挤挤挨挨长满一沟，连地皮、水面都不透，而且没有一棵杂草，其阵势，仿佛不是一棵棵生长的，而是堆积在一起。

如此壮观的蓝花菜，一点也不好看，看过来看过去，不过野草而已。

三

办公室同事喜养花草，名贵的未曾见过，不过文竹、水仙、夹竹桃。但有一盆蓝花菜摆在窗台上，青枝绿叶，十分抢目。

也是春天里，同事把蓝花菜端在桌子上修剪枝叶，碰巧有一老同志进来，问，这是什么花，这么好，啧，真好！同事认真地说，这是兰，一种吊兰，很好看的。对方说，我怎么没看过？同事说，哎呀，都养好几年啦，就放在窗台上的。对方一边看，一边说，不错不错，很名贵吧？同事说，那当然，几年前一个朋友送的。

我在一旁明明白白地听了他们的对话，不便说什么。等那个老同志走了，我对同事说，你真的不知道这是什么花？同事说不知道呢。我告诉她，这叫鸭跖草，又叫蓝花菜或蓝花草，乡下的路边、水沟、河畔、树下、墙根随处可见。同事惊讶地说，真的呀！看着同事的表情，我突然后悔了，不该告诉她的真相啊，知道不过是一株野草，说不定有多失望呢。

但同事随即说，管它呢，只要它长得好看，我就喜欢，你看，它多美，多雅，多有情致啊，等到它开小蓝花时，更是清秀宜人哩！

她的话说得真好。

赣榆杂粮煎饼果子

年轻的王随必刚刚由市府办秘书的位子上提升为某局局长，在最初的兴奋之后，接下来就有些犯愁了。当然，这愁也是幸福的愁。愁什么呢？说起来，和他以前的职业有关。众所周知，王随必是市里有名的笔杆子，负责给主要领导写讲话稿。这讲话稿子和一般的总结性材料或报告性材料不一样，要符合领导的口味，又要把该讲的都讲全了。王随必每每干这个活时，都要掉一层皮，瘦二斤肉，一来，领导的口气越来越大，要面面俱到，细无巨细，二来讲话的度要把握准确，不能说大，也不能说小。这两者说起来容易，做起来难啊，常常是熬更打点写出来的稿子，被领导推翻重来。王随必为此而十分苦恼，心里多次暗暗发誓，有朝一日要是做了领导，首先改革的，就是开会不能讲长话，更不能让下边的秘书写稿子，最多写个提纲，自己只拿着提纲，挑重点的说，因为他知道，事情主要靠干，而不是靠说。为此他在偶尔清闲的时候，也做过功课，学习知识，给自己充电，久而久之，他知道简约的美妙。比如他从唐诗中，就悟出了一套。就拿"鸡鸣茅店月，人迹板桥霜"这句来说吧，就远比"清明时节雨纷纷，路上行人欲断魂"要高明得多，鸡鸣，说明是在夜间，茅店，指村野小店，月，有月光的夜晚；人迹，人的脚印子，板桥，木板的小桥，霜，指节令。此联含意深远，意境无穷，让人产生丰富的想象。再来读读另一联，清明时节，只说明节令，雨纷纷，更不用解读，一看便知；路上行人,太白话,欲断魂,也缺少想象。从字面上讲,鸡鸣,茅店,月,至少有三个层次,而清明时节,雨,只有两个层次,纷纷是修饰字,可以忽略不计。可见,后者七个字,不及前者五个字。所以说,字数多的领导讲话,或总结报告,并不一定要那么多字数,是完全可以精减的。

更让王随必有所感触的是,在单位门口斜对面的小巷口里,有一个卖早点的小摊,小摊边上有一个写着广告词的牌子,上面歪歪斜斜地写着"赣榆杂粮煎饼果子"八个红字,王随必被这八个字惊呆了,他第一个念头就是,如果评选本市最成功的广告词,这个内容可入选第一名,因为朴素的几个字,表现的内容既准确又丰富,赣榆,是苏北连云港的一个县,紧靠山东,那里的特产就是煎饼;杂粮,是指很多的小粮,如豇豆、豌豆、红小豆、绿豆、小扁豆、大麦、黑米、小米、高粱,这些都是杂粮;果子,赣榆方言,油条的别称。说果子,不说油条,说明卖早点的主人是地道的赣榆人。在如今提倡绿色食品、保健用餐的大时代背景下,一个外地小摊出示这样的招牌,真比那些花里胡哨的广告词好多了。

再说单位办公室主任也是单位大秘书出身,知道新来的王局长是写大材料的大手笔,他指示秘书小吴,写材料时,一定要多用些心,别让王局长不满意。小吴正好也想在新局长面前表现表现,显示一下自己的文字才能。正巧单位要开县区局长通气会,王局长要在会上作重要讲话,主任老早就安排小吴准备了。到临开会的前一天,主任来到局长室,把会议程序给王随必看,请他审定。王随必瞄几眼,说,我看县区局长的表态发言就取消了吧,会议也由一天改为半天。主任说可以,马上重新安排。主任又取巧地说,王局长,明天你的讲话,吴秘书已经给你起个稿子了,你要不要看看?王随必想想,说,拿来看看吧。其实,王随必自己已经草拟了讲话提纲。

王随必在看小吴起草、主任亲自修改的讲话稿时,越看越来气,空话套话太多了,满纸都是大道理。王随必忍不住打电话,让主任和小吴到他办公室来一趟。

王随必不客气地对主任小吴指出了稿子存在的问题,要他们把两万五千字的讲话稿，缩短成四千字。主任和小吴都表现了为难的情绪。王随必只好开导他们说，你们要学学人家卖早点的经验，文字越精炼越好。王随必走到窗前，指着马路对面小巷子说，这里有一家卖早点的小摊，那个广告词太棒了，你们去学学。

主任和小吴对新局长的指示不敢不听，只好去看看。

主任和小吴在"赣榆杂粮煎饼果子"前琢磨良久，也没有看出这几个字的妙处来。

还是主任见多识广，他思来想去，恍然大悟地说，知道了。

主任拉着小吴走到一边，说，这个卖早点的，一定是王局长家的什么亲戚，王局长老家是哪里的？不就是赣榆嘛，没错，王局长是让我们照顾照顾他家的亲戚，啧，王局长不愧是市府下来的领导，水平就是高，他不直接说，而是采取这种办法，艺术啊。

老关父子

因为一次车祸，老关成了挂着双拐的残疾人。老关从此对乘车存有戒心，不管到哪里去，不管有多远的路，他都挂着双拐慢慢地走。

儿子是开出租车的，有时要用车送他，他理都不理。

儿子孝心，坚持要送送老关。老关盯着儿子，把脸都憋红了，对儿子没好气地说，不坐就是不坐，我怕坐车，行了吧？

也难怪，老关对那次车祸没齿不忘。

那还是十多年前的春天，阳光明媚，鸟语花香，老关开着厂里的"大解放"长途归来，推出自行车准备回家，被他好朋友大张拦住了。大张搞工会，手里有些"权"，平日对老关照顾不错，今天非要带老关到小酒馆去喝两盅。老关说，开车呢，规矩你不是不懂。大张说，现在是下班时间，没问题的，再说又不叫你多喝。老关推辞不掉，就随大张一起到了小酒馆。谁知，酒不是好喝的，推了杯，大张说，帮我拉趟红砖吧，挺近的，连来连往，一小时解决问题。老关犹豫着，说，这酒后开车，又没经厂长批准，怕是不行吧？大张一拍老关的肩，说你老关就是迂，我大张跟厂长啥关系？跟你又啥关系？这点小忙，还不是小菜一碟？老关你放心去，有事算我的。老关抹不过情面，只好硬着头皮，到厂里偷偷开出了车。车祸就是拉砖回来时发生的。

老关的左腿，在那次车祸中失去了。可怜大张也丢了一条左臂……

如今，对开出租车的儿子，老关心里一直放心不下，经常在路口或街边观察，小关的出租车，也就时不时地出现在老关的视野内，老关会根据自己的理解，训导小关几句。老关的训导，有时候有些道理，有时候根本没道理，因此，小关经常不买老关的账，说我都这么大了，开车也这些年了，规矩难道不比你懂？老关说，你懂个屁！小关对老关瞧不起地来一句，那我就说两条给你听听？酒后驾车，被逮到了，扣十二分，拘留十五天，知道吧？这是最新条例。老关说，你小子懂就好，可你执行了吗？小关说，那是我的事，我有本事不执行。老关破口大骂道，屁，你有什么本事？小关看老头子发怒了，便忍一忍。老关继续教训道，还有，你昨天带那个姑娘是怎么回事？小关心里咯噔一下，假装随意地说，什么姑娘？那是我顾客啊。老关说，顾客？顾客你怎么和她一起上楼？你的车还停在那家宾馆门前两个多小时啊，还顾客，我把这事告诉你媳妇，看你敢这样跟我说话！小关一听，急了，说，老爸，我那是帮一个朋友的忙嘛……老爸，你是不是看《潜伏》看多了，也学会跟踪啦。老关说，你小子少跟我耍油嘴，照你这样子，我看，迟早得出纰漏。小关看老关揪住不放，干脆跑了，不理老关了。

有一天，老关终于和儿子吵起来了，原因是，儿子酒后开车——虽然是深更半夜了，虽然没叫警察抓住，虽然安全到了家，但这可是事故的前兆啊。老关这几天夜夜守在家里，等着小关回来，多少也有些监督儿子的意思，这回让他逮个正着，那是一定要教训他的。老关大声呵斥小关道，你小子活够啦？还是常识都不懂？小关嗤地一笑，满嘴酒气地揶揄道，懂，懂又怎样？你倒是懂得不少，还不是照样出事？开车玩得是技术，玩得是潇洒，跟喝酒不喝酒关系不大，你老古懂少给我管闲事！老关气得直哆嗦，柱着拐要去打小关。小关把门一关，不理老关了。

谁知道，半年以后，在大街上，有人看到，小关拖着假肢摇着轮椅在街头象棋摊前看人下棋，眉是皱着的，表情是严肃的。下棋的人当中，有一个就是老关。老关怀里抱着拐，对刚出院不久的小关就像陌生一样，视而不见。小关也不多嘴，瞄几眼棋摊，往街边去了，这时候，他会面向长街，看来来往往奔驰的各种轿车，脑海里会飘起自己曾经拥有过的那辆红色桑塔纳，还有那些曾经围在他周围的如花似玉的姑娘，小关的嘴角不经意地抽动一下……

下午，小关摇着轮椅回到家里的小院，听到屋里传来一阵喇叭声。小关心里一惊，谁这么大胆啊，敢把汽车开到屋里。进去一看，是上幼儿园的儿子正在玩小汽车。好几十辆各种颜色和造型的小汽车，排在地上，阵容十分的强大。小关问，儿子，谁买这么多车给你？儿子说，爷爷啊，是我让爷爷买的，爸，你来跟我一起玩啊。小关心里突然紧张起来，条件反射地说，爸爸不玩，爸爸不敢玩了。儿子说，好吧。小家伙又一个人玩了。小关在一旁看，他看到儿子把手里的一辆小汽车，往另一辆小汽车上撞。小关大惊失色地叫道，当心，那是违章驾驶！

或者和民俗学有关

老余是研究民俗学的专家，已经出版三四本学术专著和十数篇专业论文，在民俗学界早已声名远扬。他现在研究的课题叫《海属地区的棋类演变及女子游戏的发展脉络》，材料已经搜集得差不多了。可是，在动笔成书之前，又觉得，还有许多章节需要补充。

老余现在正行走在街道上，已经走过第八条街道了，他把脸上走出了汗水。老余知道他现在行走的街道叫极地路，准确地说，叫极地北路。

老余在出门之前，接到一个电话。电话里，老余的前辈学者欧阳颂玉告诉他，最近，城市里流行一种新的游戏，也可以称为新民俗，很值得关注。欧阳颂玉又告诉他，到乡下之前，不妨去看看，即使不能探个究竟，至少了解个大概。

老余听从了前辈学者的话。

根据欧阳颂玉的指点，他来到了极地路，寻找一个叫大场的小巷。极地路上，叫什么场的小巷很多，什么星场巷，紫场巷，文场巷等等，可是就没有大场巷。老余心有不甘，又回过头重走一遍极地路。终于，他在一个很不起眼的两幢高楼中间，发现一个叫"小场"的招牌。老余在"小场"下站了良久，考虑是否进去看看。老余正在犹豫的时候，又看到，在蓝底白字的"小场"招牌旁边，还有一个小字的白底蓝字的告示——"此处无出口"。老余知道，此告示与他无关，他只想到大场巷25号去找一个叫守星兵的民俗学爱好者,他能提供不少有关城市游戏方面的新民俗,这是欧阳颂玉在电话里特意交待的。可是,找不到大场,小场也许能有意外收获。老余决定到小场去尝试一下。老余走进小巷,迎面看到一个行为古怪的老太,戴一副眼镜,用狐疑的目光看着他。老余冲她微笑一下。老太开口了,她说,欢迎你来大场。老余一听,非常高兴,原来,这里就是大场。老太又说,小伙子,你看到巷口的招牌了?老余说,看到了。老太脸上露出干瘪的笑容,她有些幸灾乐祸地说,看到就好,请进吧,欢迎你的到来。老余这时才注意到,老太戴一个红袖标,手执一面黄边黑桃心的三角小旗。老余把她当成一个维护秩序或负责卫生罚款的街道大妈了。老余朝小巷里走走,街道果然干净卫生,几乎是一尘不染了。小街两侧的房屋不算密集,但是,洞开的房门里总有三五个人在悄声地说话。有人看到老余,总是要重新再看一眼。老余就想,这里的人真文明。老余慢慢地走,慢慢地观察,他奇怪地发现,走过的一户户门上,没有门牌号,他不能弄明白,大场25号究竟在哪里。他看到走过来一个姑娘,姑娘梳短发,脸上有甜人的微笑,她朝老余点一下头,轻声问,你想打听什么吗?老余说,是的,我想知道大场巷25号在哪里。姑娘摇摇头,认真地告诉他,不晓得,你去打听别人好了。老余又打听一个钳工模样的工人,他也不晓得。老余又打听一个白发老人,这儿是大场吗?老人说,不是大场你来干啥?老余没有话。老余在这个叫大场的地方转一圈,觉得这么多门,哪一家是25号还真不好说。于是,他决定先回家准备一下,尽快到农村去搞他的研究课题。

　　老余回头走到进来时的巷口时,发现那个路牌的背面,一个白底红字的告示,写道:笨蛋,告诉你此处无出口!老余哂笑一下,心想,这里的人真幽默。老余站在路牌下,看到极地路上车水马龙,但是,在他面前是一堵阳光的墙。阳光的墙把他挡住了。老余怎么也走不到极地路上了,老余觉得,事情有些出人意料,也有些匪夷所思。怎么就会出不去了呢?

　　小伙子,那个戴袖章的老太站到他身后了,小伙子,不是告诉你此处无出口吗?不要在这儿折腾了,回去吧,回大场那儿是很不错的。

老余笑笑，摊开手，老余说，我准备到农村去搞调查，我是做民俗研究的，我是学者，是民俗学家，我在这儿算什么。

老太说，你跟我费口舌可是白费了，我只负责跟你说这些话，其他事情，由你决定了。老太说完，回过身，慢慢地走了。

老余的心情有些悲伤和失望，他不知道事情怎么会闹到这样，他出不去了，从此以后……就这样出不去吗？这算什么事呢？

我们的学者老余，又试图做一些努力。但是，那堵阳光的墙只是透视，却无法跨越，可以说是密不透风，他采取各种姿势和所有企图，都不能成功。

老余两只手终于垂下来，他转过身去，像在巷子里走来走去的人一样，消闲而惬意地踱着步子，其实，他的内心异常的焦躁。

那个戴袖章的老太，坐在一条长椅上晒太阳，瞌睡在她四周徘徊，她把脑袋搁在肩膀上，一条细长银亮的口水拖下来。老余走近她时，她并没有睁开眼，却用手中的三角旗挡住老余的去路。老太说，先生，知道守规矩就好，这儿还有一个规矩，把你影子留下。

学者老余有些忍无可忍，他要发一个大脾气，出出胸中的恶气。但是，他改变主意了，他淡漠而大度地一笑，说，既然人都出不去了，还要影子干啥，你拿去吧，你还想要什么？

老太说，既然你不在乎，我就动手了。老太睁开眼，放下手里的物件，从长椅上滑下来，把老余的影子卷巴卷巴叠好，揣到怀里。老太说，你自由了。

老余看她的动作很麻利，显然是熟能生巧的缘故。老余看看地上，水泥的地面很洁净，他的影子也的确没有了。老余成了没有影子的人，老余顿生疑窦，想问个究竟，但是，他看到她卷曲在长椅上，又睡了，还有小小的呼噜声。

学者老余，走在名叫大场的巷子里，他想找一部电话，问问前辈学者欧阳颂玉，这算他妈的什么事情。可是，整条巷子里，竟然找不到一部电话。

老余站在一幢房屋的门口,看到屋里有不少人,他们围坐在一起,心平气和地在讨论什么事情。老余也想走过去看看,可是,他眼前出现一张姑娘的笑脸。老余认识她,她就是那个爱笑的姑娘。

你想打听什么事吗?姑娘说,她用一只手把秀美的短发刮弄的动人心魂。

这是怎么回事?老余几乎想发火了。

我不知道你说什么,姑娘说,她手里拎一只有蝴蝶图案的小布兜,不经意地荡来荡去。

我是说,这是怎么回事!老余听到姑娘的嗓音平静中透着磁性,让人顿生怜爱之情,老余认识到,迁怒于她是没有道理的。

你不觉得挺好?她反问老余。

你说,有什么好。

姑娘看着他脚下的地面,突然说,我要去做游戏了。你想打听什么事,我一定满足你,不过,你很快会适应的。

老余发现,阳光下,姑娘也没有影子。没有影子的姑娘匆匆走了。

做游戏?老余喊住了姑娘。

做游戏啊。你也玩玩吧。姑娘看都不看跟上来的老余,又像突然想起什么,对了,你要是想玩,我可以教你。

于是,学者老余和爱笑的姑娘在一座两层小楼的廊檐下,玩"过山河"的游戏,规则极其简单,实际上就是锤子、剪刀、布的演变。

姑娘:两只螃蟹十六条腿(用手比划螃蟹的爬行)。

老余:两眼睁睁这么大一个(用手比划螃蟹的大小)。

姑娘、老余:爬呀爬呀过山河(同时伸出右手,做锤子、剪刀或布的形状)。

一直是老余赢,老余就有些沾沾自喜,心中的不快也暂时忘了。

你比我会玩,姑娘说,我们这里的人都会玩。

老余想告诉她,我是搞民俗研究的,但是,他却说,你不想出去?

姑娘说,你有这种想法真叫我吃惊,又没有谁强迫你来,你自愿的,何况，这儿又有什么不好？

老余想和姑娘再继续说下去，可是，姑娘说她要忙，先走了。

老余决定在这条巷子里多看看。巷子的两侧，是店铺和旅馆，理发店，酱菜店，糖果店等等一应俱全。老余曾经三次来到街口，看着极地路上南来北往的车辆，他很想招一辆出租车来，然后跳上去。但是，老余没有这样做，他看一眼在长椅上熟睡的老太。看一眼那块不引人注目的招牌，又走回巷子里。奇怪的是，那个老太不再理他了，仿佛知道他不会出去——仿佛知道他是个守规矩的人。老余后来朝巷子的深处行走。老余看到一个类似俱乐部的大厅，里面很多人在玩一种叫"空中飞人"的游戏，他们都默默地，没有游戏时的欢乐。倒是女人们下象棋吸引了老余。女人们在大厅的一角，两两对弈，老余是惟一的观战者，老余发现，她们下棋有了新规则，小卒过河以后，需要有车的功能时，就当车走，需要有马的功能时，卒就是马，需要有炮的功能时，小卒就是炮，所以，她们下棋的焦点是如何防止小卒过河，楚河汉界的拼争就尤为激烈。试想吧，一旦小卒过河，朝对方腹地一摆，就是马踩八步，就是炮打隔子，就是大车纵横驰骋。

老余在天将黑未黑的时候，举步登上一家宾馆的楼梯。宾馆里阒寂无人，各个房间的门都开着，房间里被褥整整齐齐，干干净净。老余想找到服务员，然后登记住宿。

老余没有找到宾馆服务员，他不敢走进随便洞开的房间里，只好又一个人踽踽独行在小巷的街道上。华灯初上，老余走到了极地路路口。一路上，老余想了很多问题，是啊，很多很多问题。老余不知道这些人是如何解决这些问题的，他们生活在这里，难道就不会遇到这些恼人的问题吗？老余找不到他的影子，他的影子被戴袖标的老太卷巴揣进怀里了。街上所有人都没有影子，他们的影子都被那个老太收藏了吗？现在，那个古怪的老太不在了，不远处的那张长椅上，只有灯光在流淌。老余抬起头来，看着那块写有"笨蛋，告诉你此处无出口！"的牌子。老余决定把牌子摘下来！

老余走过去，把白天老太坐的那张长椅拖过来，放在涂有红白相间的柱子旁，老余踩上椅子，把那块白底红字的招牌取下来，扔在地上。

招牌扔在地上时发出嘶哑的声响，老余觉得不妥，又把牌子捡起来，扔到垃圾桶里。老余拍拍手，长吁一口气，就走到了极地路上。

老余回过头来，看看两幢高楼间夹着的小巷，老余看到，路灯下，他的影子又瘦又长。

有一点，老余很不能理解，人们为什么要出这种主意？人们又为什么，不把牌子拿下来？

破烂王与收藏家

老周在护城河边的小树林里收了十多年破烂。老周的破烂摊特别大，在树林里堆成了一座座小山，号称城市西半部的破烂王，那些走街串巷挨门挨户收破烂的小贩和街边垃圾厢里捡破烂的"拾荒族"，都喜欢把破烂卖给老周。老周脾气好，人缘好，出的价钱比别的破烂王高几厘，甚至半分。所以他的生意一直不错，三天两头出一车货。

常来和老周聊天下棋帮老周干点零活的是河边闸桥上退休的老钱。老钱六十来岁，休龄却有十多年。老钱当年是"病退"，为的是让女儿顶班。病退后的老周身体很好，待在家里无聊，就走百十步来和老周瞎侃神吹，帮老周整理收购来的那些报纸杂志和烂纸头、破书本。老周就很高兴，忙完了，递根烟给老钱，说老钱你歇歇，我上趟茅房来跟你杀一盘。

老钱就点上烟，把棋摆好。

常来小树林打牌散步的都知道收破烂的老周和看大闸的老钱是棋友，是十多年的老朋友，从没红过脸犟过嘴。

老钱更觉得自己活得比别人开心。除了下棋、整理破烂、干点杂活而外，老钱爱把从破烂里抖落出来的一些过时票证、藏书签、旧信封和偶尔的一两本有用的旧书收藏起来，带回闸桥的阁楼上去。老周也不说什么，有时还帮老钱挑选一些。比如那张1946年新海电厂食堂二两的饭票，1938

年一张东山游击队的大米收条，1922年5月5日的一张《晨报副刊》、1931年上海开明书店出版的丰子恺《缘缘堂随笔》等等，就是老周在破烂里翻捡出来送给老钱的。

老钱收集这些"破烂"，不知怎么让市里的一个什么协会知道了，登上老钱的阁楼参观好几次，在称赞一番之后，聘请老钱为该协会顾问，还送了一本大红聘书。又过几天，来了报社和电视台的记者，要采访老钱。老钱这才认真起来，也害怕起来，躲到老周家不出门。

这事闹到了社会上，传说佛佛扬扬，说老钱这下发了，家里那么多古董古玩，全是无价之宝。有的说，这老钱早就诡计多端，明里是帮老周干点杂活，暗地里是算计老周。

老周和老钱听不到这些议论，仍旧一如继往。

一天，老周问老钱，你那些破烂，能有多少用处？

老钱沉吟片刻说，不大懂，反正有用，说不定很值钱。

老周说，早知道是好东西，我能帮你寻找不少哩，可惜，都卖了。

老钱说，算了，以后不劳这神了——其实我一点也不喜欢，只是觉得好玩。

说这话的第二天，市里博物馆来了四个人，参观完老钱的收藏，说要拿钱收购一批。老钱说什么也不同意。博物馆看收购不成，又提出让老钱在国庆前搞一次展览，地点就放在博物馆展览大厅。这回老钱勉强同意了。

电视台作了预报，钱如常个人收藏展览9月20日在本市博物馆举行。

可是，9月20日之前贴满大街各个广告栏的海报却变成了"周同仁钱如常二人收藏展览9月20日至10月5日在本市博物馆举行"。这是根据老钱的意思改的。

展览会在本市引起了轰动，老周和老钱也名声大噪。可是，这之后，老钱再也没去帮老周的忙了。破烂摊忙活的就老周一个人。老钱呢，一个人躲在闸桥上的阁楼上，整理那些破烂东西，拿起来看看，玩玩，很满足的样子。

老周看老钱长时间不来，就去看看，也多次请他来破烂摊玩玩，老钱就是不下楼。后来就是老周常来老钱的阁楼了。老周不是空手来的，他手里抓着一些过时的纸品，如旧杂志、旧信封、发黄的名信片等。

阁楼里，常传出两位老人的笑声，还有"将"、"吃"、"你死了"等下棋俗语。

家养动物

我只打了一个盹,就被捉住了。我的思维发生了短暂的混乱,我认为这片小竹林十分安静,月色清丽,夜风和煦,竹影婆娑。按理我应该好好领略、享受一下这美妙时光,但鬼使神差地,我睡着了。

当我被噪杂声惊醒时,我已经被人捉在了一只箩筐里。我吓死了,只好卷起身子团成一堆——我可怜的祖先只教我这一招逃生或自卫的本领。

这家的男主人非常小胆,跟他女儿说,这家伙不咬人吧。

他女儿是个正在上小学的孩子,懂得的事情真不少。他女儿说,小刺猬怎么会咬人呢。

天啊,连我的弱点他们也了解得一清二楚,完了,我看来在劫难逃了。

这一夜,我被他们关在竹筐里,有几次,我试图逃跑,沿着筐壁往上爬,可攀登不是我的强项,每次努力都失败了。

第二天清晨,有人来参观我。这一天正好是他们的星期天,来参观我的除了学生外,还有不少成年人,他们七嘴八舌,有的说,不能摸他,这家伙身上的刺有毒呢。更可气的,竟然有一个老太婆要把我卖掉,说鸟市上一只刺猬值二十块钱。想想也真可怜,我只值这点钱,二十块钱够你们干什么呢?那个老太婆还在喋喋不休,她说话的口气跟放屁差不多,她说,那天鸟市上有不少小刺猬,足有七八只,可是,大家都不爱买,骚腥烂臭的，又不好玩，鬼才爱买这玩意儿呢，二十块钱都贵死了。

听听，这就是老太婆的话，出尔反尔，摸不清她想说些什么。我偷眼看她一眼，发现她脸像猴腚一样通红，鼻梁歪曲，有一双山羊一样的眼睛，十分丑陋。

一直到中午，围观我的人才散去。就连那些孩子看来也看腻了我，玩别的游戏去了。

中午我得到一个饭团，谁还有心思吃饭？何况又是米饭团，我最讨厌的食物，给我根黄瓜还差不多。

我突然听到我头上有清脆的歌声，抬头一看，原来是一只百灵鸟，在一只精致的鸟笼里，一边唱一边散步，很开心的样子。百灵鸟也发现了我，他只看我一眼就又嘹亮地歌唱了，那神情仿佛不屑于搭理我。那好吧，我迷糊一觉。到了这时候，除了等待，我还能干什么呢。

到了下午，这家的女儿有些着急，她哭哭啼啼地说，爸，小刺猬怎么不吃东西啊？

不吃拉倒，饿死活该！正在打麻将的主人瓮声瓮气地说。

这时候又来了一个漂亮姑娘，她也看我来了，我正要自豪一下，没想到她马上皱起好看的小鼻梁，撇着红唇说，一点也不温柔不好玩，我以为小刺猬有多好玩哩。

汪汪，有狗吠声，我看到漂亮姑娘的怀里正抱着一条垂耳金狮狗。漂亮姑娘跟主人的女儿说，丽丽，小刺猬一点也不好玩，还不如养只小猫。

我说也是。我在箩筐里自言自语道。

整个下午我又接连得到几种食物，方便面、香肠，还有口香糖，都是主人的女儿丽丽给我的，我发现这女孩不错，对我很有礼貌。可那个讨厌的百灵鸟，虽然离我很近，就是不理我，好像我什么地方妨碍了他，其实你瞧不起我，我还更瞧不起你呢，你不是和我一样被关在笼子里吗？

天渐渐黑了，月亮又升起来了，又是竹影婆娑，又是清风徐徐，而我已经一天没吃东西了。我听到丽丽悄悄的脚步声，她正朝我走来，又是送好吃的来吗？但是丽丽把筐放倒了，她说，小刺猬，你走吧。你一点也不好玩。我不跟你玩了。

喜　鹊

在我居住的小区里，突然响起喜鹊的鸣叫声，快乐而清脆的鸣叫把我从沙发上叫了起来。我站在阳台上，寻找欢叫的喜鹊。我看到了，它就在我家对面的那幢楼的楼顶，只有一只。它叫几声，又飞向别处了。怎么会只有一只呢？我猜测，在城市的某一个地方，或郊外的某一棵树上，必定还有另一只，它们当然是一家了，说不定它们已经有了一窝蛋，甚至已经孵化成一群小喜鹊了。

此后的几天，我天天看到这一只喜鹊，它似乎很忙碌，在早上，或者黄昏的时候，匆匆地飞来，又匆匆地飞去，叫声依然是不断的，依然是清脆而欢快的。

后来，喜鹊的叫声，便在我居住的小区消失了。我有时候站在阳台上，会突然想起那只孤单而快乐的喜鹊，它干什么去了呢？是家事缠身？还是突遇变故？这样想着，便有一些怅怅的感觉悄然袭来。

初夏的天气，忽阴忽雨，潮气很浓。我不喜欢梅雨天，尽管晴天时也是蓝天如碧，但湿热和烦闷总是萦绕在周围。在这样的天气中，在阳台上望望呆或晾晾风，便是我的常态了。对于那只曾经出现的喜鹊，我也差不多忘怯了。

蓦然的，我看到它了，它正从我头顶飞过，是从西南方向飞来的，并向东北方向飞去，依然是形单影只。我感觉它飞翔的影子，从我眼前闪过。我仰望它，心里被感动一下。可随即又想，是那一只喜鹊吗？一定是的。

再后来，我就经常看到它了。它几乎每天都有那么几次，从城市的上空飞过，从西南方向飞来，向东北方向飞去；或是从东北方向飞来，向西南方向飞去。它的影子是那样的悠长，那样的恍惚。我想像过它的现状，想过"鹊飞寻桠"或"鹊营高巢"或"鹊噪报喜"之类现成的话，但随即就觉得多余了，如果一定要说现状，那就是它不停地飞翔。

记得欧阳修有一首《野鹊》的诗，曰：

鲜鲜毛羽耀朝晖，红粉墙头绿树枝。

日暖风轻言语软，应将喜报主人知。

诗人浓墨重彩地勾画出一幅绚丽而鲜艳的野鹊报喜的图景，红墙绿树，日暖风轻，春光明媚，朝霞闪耀，在这令人陶醉的景色里，一只秀美吉祥的喜鹊，飞临诗人的院宅，它轻言软语，婉转吟唱，逗引得主人心花怒放。这首诗写得赏心悦目，有情有致，应该是喜鹊诗里的佳品了。可惜我没有欧阳修那样的心境，从初夏到盛夏，莫名奇妙的，我对这只不期而遇的喜鹊多了一份关心，多了一份牵挂。我知道，城市的西南方向是锦屏山，山上林木茂盛，竹影婆娑，而城市的东北方向是美丽的海州湾，是大片大片的盐咸滩，是一望无际的芦苇荡，更有那血管一样密布的一条条海岔。从城市上空飞过的喜鹊，自然和大海无关，那么，它的家应该在锦屏山上，或田头的树枝上，它每天飞过城市的上空，往返于两地，一定是为家而操持——捉来滩涂上的泥螺或小鱼小虾，衔在嘴里，运抵鸟巢，喂养它的后代。

在一个雷雨交加的恶劣天气里，我觉得喜鹊不会再从城市上空飞过了。我伫立阳台上张望一会儿，便回书房看书了。突然听到一阵鸣叫声，分明是喜鹊啊。我奔上阳台，看到它立在对面的楼顶上，浑身湿透了。

它是飞累了，歇歇脚呢？还是被风雨所阻？

我一直注视着它，它躲在楼顶气窗的长檐下，抖动着身上的羽毛。雨势渐渐小了，风也不再肆虐，它似乎向天空张望一眼，便展翅向东北方向飞去。

半个小时以后，它又飞回来了，一直飞向西南方。

麻 团

巷口，有家卖麻团的摊点，摊主是一个六十多岁的胖老太，巷子里的许多人都戏称她"麻团"，原因是，胖老太圆脸，圆鼻子，圆眼睛，脸上还有几个圆圆的浅麻子。总而言之吧，胖老太长相太有趣了。

胖老太无儿无女，老伴也在去年去世了。

胖老太在裕隆巷不太受人欢迎，她除了卖麻团，还在居委会兼了个治保委员的头衔，"爱管闲事"就理所当然成了她的"第二职业"。尤其是刘刚、周三和门子他们，在整个后河底街都是有名的刺头，年纪虽然不大，却是那一带有名的老江湖了，干什么工作也是三两个月的短工——没人要啊。要是有人提起他们，巷子里的人会说，嗨，他们，除了剁人家手指头，还能干什么？这条街安静不下来，都是他们闹的。

那天，胖老太卖完了麻团，在居委会开会，会议结束就朝家里走，她在拐进扁担巷时，刘刚和门子他们正拦一个十一二岁的小姑娘。麻老太一看，好啊，今天算叫我给碰上了。

胖老太几步赶到跟前，大喝一声，别动！

刚要拔腿跑的门子站住不动了。刘刚也嬉着脸讨好地说，嘿嘿，胖老太，咱没做啥。

没做啥？胖老太说，伟伟，他们拦你干啥？

吓呆了的伟伟说，他们跟我要钱，要是不给他们十块钱，就要揍我。

我说我没有钱，花光了，他们叫我明天早上带来，在这儿接头，要是敢跟老师和家里人讲，就杀了我。还说他们是虎鹰帮的。

好啊，你们欺负人家小姑娘，有出息没有？跟我走一趟。

刘刚哭丧着脸说，好老太好老太，就饶了我吧，我们想去看电影呢。

想去看电影就拦路抢动啊？走！

在治保委员会的办公室里，刘刚、门子、周三被好好地上了一堂课。最后，由他们的家长把他们领回家了。

这一夜，胖老太睡得很踏实。凌晨时分，胖老太早早就起来做麻团，天一亮就把热气腾腾的麻团端到巷口去卖了。

老太，买麻团。

胖老太一看是刘刚，就故意说，小子，脸上咋青了一块？

刘刚嬉嬉地笑，说，胖老太你等着，过几天我把你的麻团摊子给掀了，看你还爱管闲事。

胖老太说，掀了就好了，我没事做了，专门在巷子里抓你们管你们，怎么样？

你没事做？你没事做咱们就来卖麻团，咋样？咱虎鹰就不愁没钱花啦。

看着刘刚走远的背影，麻老太一拍脑门，恍然想起了什么。

麻老太经过街道领导同意，在巷口租了几间屋。几天后，"希望麻团店"就开张了。老板自然还是麻老太，只不过，麻团店里多了几张年轻的面孔，刘刚、门子、周三等几个二十出头岁的小青年全成了他的雇员，经营的麻团也有了注册商标，"麻老太"。

没过多久，麻老太牌麻团在全市几十家超市上架了。刘刚、门子、周三都成了经理和股东。

而麻老太呢，胖得更像麻团了。

孩子的睡房

就要搬进这套新买的大房子了。

莫慧站在新房子的客厅里，特别兴奋——这可是她和阿年婚姻的一部分啊。

阿年和莫慧都是再婚，各人带一个孩子，阿年的儿子小虎八岁了，读二年级。而莫慧的女儿洋洋才四岁，上幼儿园小班。是莫慧动员阿年把他家里一室一厅的老房子卖掉，她又添五十万作为首付，买下三环内这套一百三十六平米的大房子的。这真是一套华贵的房子，三房两厅一橱两卫，又是学区房，可以让两个孩子一人住一间。

但是，问题随之出现了。朝阳的房子只有两间，另一间小房子背阴，怎么分配呢？那间带阳台的大房子是他们夫妻俩的，那么莫慧的女儿和阿年的儿子，必定有一人要住那一小间背阴的小房子。作为有过一次不幸婚姻的莫慧，最心疼的就是女儿，她在哺乳期时没有母乳，女儿对奶粉又过敏，经常呕吐。养活女儿真让她蜕了一层皮。女儿从呱呱坠地到现在，一直营养不良，身体十分瘦弱，又内向又腼腆，要是睡在背阴的小房子里，对女儿的发育肯定不好，甚至还会增添新的病症。按照她的私心和实际情况，女儿也应该睡这间朝阳的大房子里，一来，让女儿晒晒太阳补补钙，二来女儿的身心发育也会阳光一些，开朗一些。可这样一来，阿年的儿子小虎怎么办？小虎长得虎头虎脑，身体结实，平时连小感冒都没有，住在小房间里没什么问题，何况小虎又上学了，经常参加户外活动，晒不晒太阳也无所谓。就是想晒太阳了，小家伙活泼外向，可以自己跑到阳台上吹吹风，也可以跑到小区的草坪上玩耍。可这样一来，阿年会不会觉得她偏心眼呢？他一定会这样想的。阿年是老实人，也许表面上不说什么，心里说不定会很不好受。谁不心疼自己孩子呢？她平时虽然也把小虎当着自己的亲生儿子，可一到涉及切身利益的时候，不是首先想到女儿吗？唉，不管怎么说，还是先跟阿年商量商量吧。

阿年果然和莫慧想像的一样，表面上没有计较什么，还说洋洋身体瘦弱，又小，大房子里有阳光，对孩子好。莫慧从心里感激阿年，她搂着老公的脖子，说，你不会说我偏心眼欺负咱们小虎吧？阿年说，反正有一间房子是背阴的，小虎都成大小伙子了，多结实啊，不怕的。莫慧也说是啊，背阴的那间要是大一点，我们就可以搬进去住了，我量过了，小房间放一张大床，连伸脚的地方都没有了，别说衣柜和床头柜了，唉，只好委屈小虎了。

三天后，一切都安排妥当了。到了周末，小虎的奶奶要来新房子看看。莫慧从一大早就忙开了，买了好多时令蔬菜和一条二斤重的白鱼，准备和婆婆一起好好庆贺一下乔迁之喜。

近午时，迎来喜笑颜开的婆婆。婆婆还给小虎和洋洋每人带来了玩具。小虎和洋洋也开心地缠住老人不放。但是，当婆婆在几个房间转一圈之后，脸立即冷了下来，坐到客厅的沙发上什么也不说，脸色越发的铁青了。莫慧知道婆婆心里想什么。她准备在吃饭时，好好跟婆婆解释解释，估计婆婆也会理解的。

但是，没有机会让她解释了。婆婆进屋不到十分钟，就要走了。莫慧要拦她。婆婆连看都不看一眼莫慧，只是冷冷而坚决地说，我要回家休息，我忘了服降压片了。

两个小家伙也不让老人走。但老人还是执意走了。

莫慧心里十分悲凉，说不上来的痛苦和歉疚。她也理解老人的心。可她实在没有两全其美的办法啊。莫慧心事很重地走到女儿的房间，看到小虎和洋洋正趴在一尘不染的地板上，头挨着头地在玩玩具。大片的阳光晒在屋里，温暖而诗意……莫慧的嘴角有了一丝淡淡的笑容，眼睛里却涌出清凉的泪滴。

谁有病

完全是一个意外，我被查出了病，而且还是心血管方面的，潜伏很深，也很严重，如果不抓紧治疗，在发生病变时，后果不堪设想。不堪设想是什么？就是有生命危险呗，至少是存在这方面的可能。

其实我被查出这个病也是自找的。我不过是进行每年例行的身体检查罢了。都怪我多嘴，我说我这些年检查，每次都是绿灯，什么病都没有。医生肯定地说，不可能吧？我想想，说，对了，其实我心跳可能有问题……

于是，我的病就被查出来了。

这几天我的心情和这倒霉的初夏天气一样，一直处在不断变化中，忽而阴，忽而晴，忽而晴转多云，忽而多云转晴，总之没有一时平静过，都是这该死的病。

给我看病的是一个中年医生，姓邓。邓医生据说在心血管方面是个权威，经常到医学院去讲学，更是三天两头被友邻医院请去做手术。我对邓医生的诊断当然不会怀疑了。但是，人到危难的时候，总会多一些想法的。为了进一步确诊，我又托一个朋友，找到医院的另一个权威——郝博士。郝博士相比较邓医生来说，更为年轻，她还不到四十岁，医学理论在全国很有名，发表心血管方面的论文多达十余篇。我听我朋友介绍说，郝医生是个尽力尽职的好医生，口碑和医术一样，得到医院和病人一致的好评。我相信朋友的话，而且，看起来，郝医生还是个难得一见的美女。

郝医生果然表现的非常专业和仔细，她在对我的病史做了详细的了解之后，又动用了各种先进的仪器，对我做了全面的检查，得出的结论和邓医生如出一辙，我的心脏存在巨大的隐患，如不采取手术，在发病时很可能出现危险。从郝医生涓涓如水淌的细语中我能听出来，所谓危险，就是小命难保啊。我自然是紧张了。但是，病得在我身上，我觉得，我的心跳时而快，时而慢，毕竟还在跳，还不至于出现停跳的现象。因为我的这个毛病，可以说从我记事以来，就有了。如果我不去做这个检查，没有人会说我有病的。我自己也一直没觉得有多么的严重，就是说，在我人生五十年的历程中，我的心脏一直在带病工作，或者换一种自我安慰的说法，我的心脏已经习惯这种病症了。

但是，这只是我的一厢情愿，医生坚决不同意我的观点。

给我看病的两位医生，几乎每天都要给我打电话，询问我什么时候做手术。

关于手术，我也做了了解，就是从耳朵旁边的一根血管里打一个洞，把一个装置从血管里透进去，一直伸到心脏里，用邓医生和郝医生的专业术语讲，就是给心脏装一根导管，把一个辅助心脏跳动的器械装在心脏里，这样就能保证在心脏突然发生偷停的时候，让我的心脏正常跳动。

听起来是不是有些危言耸听？

而且这种手术刚从国外引进时间不长，是不是很成熟还难讲。但是从两位医生的口气中，他们似乎很有把握。

邓医生又给我打电话了，他口气显然比前几次急，他甚至威胁我说，没见过你这样的患者啊，对自己这么不负责任，对生命这么不负责任，这个手术现在已经很成熟了，仅从技术上讲，可以说是小手术，价钱也不贵，也就四万来块钱吧，有什么好犹豫的呢？

刚结束和邓医生的通话，郝医生的电话又打来了。她虽然没有表现出和邓医生那样的急促，从话里也听出来，她也十分想给我做手术的。她循循善诱，苦口婆心，晓之以理，动之以情，劝我越早做越主动，否则，不知道会有什么样的结果。

　　我有些犯难了。一方面，我理解两位医生为什么争着要给我做手术，肯定是出于经济利益，说白了，他们会从我这里赚取一笔不菲的医疗提成吧？另一方面，是我私下里认为，两位医院的顶级高手，争先恐后要给我做手术，或者是出于某种竞争——究竟谁是这方面的权威。

　　这种境遇，对患者来说，是祸是福，我不得而知。之所以犯难，是我不知道该请谁给我做手术。

　　不过我倾向于郝医生，一方面她是女性，可能会更细心一些，另一方面，我是托朋友找到她的，她或许会更负责更认真。基于这样的想法，我于一个阳光灿烂的上午，来到郝医生设在病房的办公室。郝医生不在，可能没走远吧，我也没有去向走廊上那些来来往往的护士和病人打听，因为她今天不到专家门诊去值班，就算是去病房查房，应该一会就回来的。

　　我在她办公桌对面的椅子上坐下了。

　　郝医生的桌子上放着一叠稿子，我随意地瞄一眼，看到那一行黑体标题字和下面的副题，知道这是一篇论文，而且，论及的就是我患的这种病。我拿过论文——其实只是一种好奇心——读下去，在读到郝医生列举的病例时，我心跳突然加快了，因为她举的这个病例和我极其相象，再往下看，我的名字非常醒目地出现了——她写得就是我——我还是愣住了，因为我的手术还没有做啊？我怎么就成了她的病例了呢？而且还是她施行这种手术的第一个病人。我一下子悟出了她为什么非常想给我做手术的原因了。

　　我的电话又响了。是邓医生的。邓医生不会也是因为论文才需要我这个病人吧？我有些害怕起来……

噪音致死

  这是一家规模不小的 K 歌房，大约有几十个包间吧，晚上七点一到，各个包房的音响便依次响起来。而且每个包房轰鸣的声音不一样，有的如咆啸的滔滔洪水，有的如头顶的滚滚惊雷，有的如深夜鼾声，更有的像婴儿的啼哭，而那些 K 歌的各色男女，唱出的不同的歌声，更是千奇百怪，或声嘶力竭，或雷霆万钧，或嘹亮抒情，或跑偏跑调，好听的，不好听的，混淆在一起，合成一股怪味十足的声浪。
  艾洋洋就生活在这样的声音环境中。
  艾洋洋住在二楼——这是她当初精心挑选的楼盘啊，位置好，临街，又是学区房，但没想到临街的门面房，原来说好是要搞超市的，居然搞成了一个大歌厅。她本来就有间歇性失眠症，这回被彻底激发出来了，由间歇性变成了长期性，那些迟至深夜两三点的音响，像手术刀一样一点点地切割她的心脏——让她无法入睡，无法安宁——即便是凌晨三点以后，音响消失，那袅袅不绝的仿佛下水道浊流的各种声响依然在他脑海里轰鸣不息。可以说，这种强大的噪音已经渗透进她的骨髓和神经，渗透进她的血液和意识，每时每刻她都是在这样的折磨中苟延残喘。
  被音响折磨的又是一夜未眠的艾洋洋，送完女儿上学之后，在小区门口碰到了胡大妈。胡大妈正是她想见的人。她一见到胡大妈，鼻子一酸，眼泪差点流了出来。胡大妈看到她也是心疼地说，哎呀洋洋，又一夜没睡吧？瞧你眼圈，都黑了——快了洋洋，我又找过老朱了，他虽然退休两三年，但他做局长那阵的老关系还有几个，对我的话……嘻嘻，我年轻时也是一枝花的……老朱不会不给我面子的，过两天，环保局要给个说法，老朱也表态了，这个歌厅非取消不可。

胡大妈的话已经说过多次了。到后来，仿佛她只是为了炫耀她和老朱当年的个人私情似的。但，对于艾洋洋来说，有解决问题的希望，总比没有希望好啊。

艾洋洋在楼下又遇到老卫。老卫叫卫什么她也不知道。老卫和她一样，也是个被K歌房折磨得不能入眠的中年男人，只看看他的相貌就知道他是多么的痛苦了——两年时间啊，老卫的头发就掉得一根不剩了。老卫和艾洋洋的共同语言更多，他是发过誓要把K歌房告倒的。他在不久找到夕日的同窗好友，通过政协提案的形式把K歌房扰民的报告一直上书到市领导那里。所以老卫虽然满脸憔悴，还是充满希望地对艾洋洋说，快了，问题就解决了，他们是兔子的尾巴，长不了了。

艾洋洋的心里真是充满了久违的欣慰。

艾洋洋在楼梯上遇到了小飞。小飞是个有血性的青年人，三十岁不到，开白班出租车的。可怜本应该在夜晚得到很好休息的小飞，这两年来就没有睡过一天安稳觉——他多次通过交通电台把K歌房给告了。交通台的美女主持人更是觉得K歌房扰民不符合常理，这次她不再仅仅只是呼吁取谛K歌房了，而是直接到公安部门进行了采访，以期得到圆满的解决。小飞见到一脸倦容的艾洋洋，满怀信心地说，艾姐，这回真的要解决了，你就等着睡个安稳觉吧。

艾洋洋真是感谢这些邻居啊。但她只想现在回去睡四十分钟的回笼觉。

艾洋洋在自家门口碰到住在三楼的大庞。大庞跟物业和开发商有些关系，她已经多次和开发商交涉过了，得到的都是含糊其辞的答复。但大庞有充分的理由要求开发商协助解决K歌房的扰民问题，因为他们当初售房时，明确说明，现在开K歌房的地方，是一家大超市，不少居民就是冲着超市才买房的。现在超市成了"噪市"，开发商是要给个说法的。大庞见到容颜枯蒿、浑身瘫软的艾洋洋，深表同情地说，洋洋妹妹啊，你……我都不敢认你了……都是该死的 K 歌……开发商最迟明天，就要给个说法了。

艾洋洋点一下头，她连感激的话都说不动了。她急需那四十分钟的回笼觉。

八点半上班的艾洋洋还是迟到了一分钟。她的名字后边的方框里被划上了一个白色三角形。如果月底白三角形累计到三次，她一个月的奖金就泡汤了。但四十多分钟的觉还是让艾洋洋看起来像个职场的少妇，身上也有一些女人的气味。

第二天，艾洋洋在小区的大门口碰到胡大妈，胡大妈大骂老朱不是个东西，说别看他当过破局长，看起来人模狗样的，一肚子男盗女娼——居然吃了 K 歌房的小姐的软饭，指望他帮忙真是瞎了我的眼！胡大妈说，洋洋你耐心点，大妈我还有办法……

艾洋洋在楼下遇到了老卫。老卫看到艾洋洋，唉声叹气地说，洋洋……我……不说了，提案连泡屎都算不上……市长批了个请有关部门协调解决。什么叫有关部门？我亲妈妈呀，这可是中国最牛的部门啊，等于什么部门都没有……

艾洋洋在楼梯上碰到小飞。小飞头上扎着绷带，脸上和脖子上还有未洗净的血迹。他朝艾洋洋看一眼，垂头丧气的样子。艾洋洋从小就怕血，她腿一软，差点没站住。艾洋洋扶着楼梯扶手，想问他怎么了。可艾洋洋连问话的力气都没有了。小飞声未出而泪先下，他号啕着说，你砸我车干什么啊……你把我打就打了，砸我车，这不是要了我的命嘛……我拿什么去苦钱啊……我可是租的车啊……

艾洋洋掏出钥匙准备开门的时候，三楼的大庞下楼了。她见到艾洋洋就破口大骂。骂了半天艾洋洋才听懂，她是骂开发商的。从她的破口大骂中，艾洋洋听懂了，开发商和 K 歌房坑瀣一气，互相窜通……给个说法就是没有说法。

艾洋洋在大庞的骂声中开门进屋了。但她一进家门，眼前一黑，心里一慌，伸手想抓门框，却是什么也没抓住，一个前扑，栽倒在地板上不省人事了……

小　白

小白是一条狗，一条可爱的京巴狗。

训芳养狗的资历较浅，也就一年半载吧。但一直以来是喜欢小动物的，对小猫小兔早就情有独钟，甚至对老鼠都不像别人那么讨厌，至于人类的好朋友狗，那就不用说了。

训芳家的小白，长相俊，圆脸，圆眼，圆鼻子，就连嘴头，也是圆的，不知道谁惊讶地感叹过，呀，这是你家的狗啊，跟你家大黑差不多啊。

大黑是她丈夫，小时候娇贵，脸又生得白，大人就给他起小名大黑了。新浦街有个风俗，起外号或起小名，喜欢反过来，比如大个子，叫小矮，矮个子，叫大高，生得丑，叫大俊，生得俊，叫大丑，全乱了。不过，由此说来，大黑应该是白脸膛的汉子。训芳听了别人说她养的小白像她家大黑，感到好笑，这两条腿的人，怎么会像四条腿的狗呢，呵呵，怪好玩的，可训芳仔细看看，小白确实像大黑，那眉头，那眼神，还有圆乎乎的鼻子圆乎乎的嘴头，简直是一个模子套出来的。哈哈，有意思。像大黑就像大黑吧，只要不像她儿子就行。

不过说真话，小白也的确像大黑那么乖，跟训芳颇能玩得来。说玩得来，就是不光指默契啊，听话啊这些，还包括人们通常说的，很恬活人。

比如吧，叫它跳舞，它就立起身，跳跃几步，小屁股还很有风情地扭几扭，叫它打个滚，它就在脚面上翻个筋头，而且人来疯，越有人它越肯表演，因此就成了一条巷子的大明星，谁看了都喜爱。

小巷里有个小超市，店老板叫小秦，是个花枝招展的女人，面相虽然不俊，却很懂些风月，婀娜着身姿出出进进，嗲着声音迎来送往，很受小巷里男男女女的欢喜。她也喜欢训芳家的小白。训芳要是把小白带来玩，小秦就把小白逗得上蹿下跳好不开心。小白开心，训芳也开心，小秦更是乐不可支。小秦会捂住肚子笑着说，你家小白太可爱了，早知道小白这么好玩，我也养一条小白玩玩。训芳说，你呀，要养就养个真小白。小秦说，什么叫真小白啊？训芳说，真小白就是小白脸啊，你那么有钱，人又风流，养个把小白算什么啊，养个把小白脸才算带劲啊。小秦听训芳的话里有话，便不吭声了。训芳没有看出小秦内心的变化，以为她不接话茬是听不懂，进一步说道，小秦，你知道我为什么叫它小白吗？告诉你就笑死人了，嘻嘻，我就是把它当着小白脸养着玩的。

小秦一听，心里鼓咚鼓咚疯跳了，她看也不敢看训芳了，以为训芳知道她跟美术老师大黑的事了。

对了，忘了介绍，大黑除了当训芳的丈夫，还曾经是一所中学的美术教师，善画泼黑写意画。大黑辞职后本想做职业画家，结果落泊的连烟都抽不起了，没事常来超市找小秦吹牛耗时间，一来二去的，跟小秦好上了，抽免费的香烟，喝免费的铁观音，成了她名副其实的小白脸。转眼两三年下来，小秦以为人不知鬼不觉的。前晚两人在超市的小披间里幽会，还开心逗趣，说你家训芳养条小白，我养条大黑，嘻嘻，大黑的反意词就是小白嘛，我也就等于养条小白，你就是我家的小白，哈哈哈。小秦一直以为训芳不知道他们的偷偷摸摸，没想到这女人早就晓得了，还故意把小狗起了这么个名字。小秦一来钦佩训芳修养高，沉住气，打人不打脸，二来也觉得自己太愚蠢了，怎么就没想到训芳把宠物狗起名小白的用意呢？

接下来的一两天，小秦心事很重，不知怎么收拾才好。

113

又过几天，受到小秦冷落的大黑，不知道小秦为什么突然冷若冰霜。

小秦的香烟不供应了，铁观音，也喝不到了。

几个月后，也就是到了这年秋天，超市的美女老板也养了一条宠物狗。只是小秦一直没有想好给小狗起个什么名字，觉得最好的名字叫训芳占着了。

情感谍报

对于杨霞来说，最幸福的事情莫过于早上睡个大懒觉，赖在床上到小晌响才好。因为她昨天晚上在电脑上看电视连续剧《潜伏》看得太晚了，五集连在一起，一直看到凌晨三点半。杨霞只用六个夜晚，就把三十集全部看完了。

天早就亮了。大约上午十点多时，她迷迷糊糊地醒过来，却没有力气睁开眼皮。窗帘严严地拉起来了，打开的一扇窗户吹进来丝丝凉风，她向窗外瞥眼望去，用脚尖勾开窗帘，刺眼的阳光哗哗地涌进来，她只来得及听到对面人家电视机的声响，就又用脚拉上了窗帘，重新闭上眼睛。

但她睡不着，连续看了几部特工题材的电视连续剧，让她满脑子都是潜伏啊、情报啊、坐探啊、跟踪啊、谋杀啊这些词汇和场景，想象着自己也走进了剧情，成为他们中的一员，窃取情报，打探秘密，跟踪特务，或者根据对手的蛛丝马迹进行缜密的分析。

蓦然地，杨霞想起不久前，丈夫李新带回家的几张照片。其中有一张是李新和剧组主创人员的合影，照片上，李新和他们剧团的大美女夏荫紧挨着站在一起。杨霞从来没怀疑自己的丈夫会背着她干什么偷鸡摸狗的事。但是剧组十几个人合影，六七个男的，五六个女的，团里的骨干几乎全上了，那么多人不挨着，为什么偏偏挨着夏荫？夏荫是剧团的女主角，女一号，蛇腰，宽臀，狐狸脸，打眼一望，很像三十年代上海滩风月场里的交际花。男人都喜欢这种女人，李新也不例外吧，瞧他，满脸不自然的样子，心底无私天地宽，有什么不自然的呢？一定心中有鬼。还有夏荫，脸上笑嘻嘻的，是从心里往外的那种笑，挨着男人就笑啊，怕是笑里藏着什么不可告人的秘密吧。杨霞想着，觉得，照片上看是巧合的形态，说不定暗藏着天大的隐情。杨霞决定要采取手段，像那些隐蔽战线的电视剧那样，侦破李新和夏荫之间的关系。

经过一番精密的计划，杨霞先给李新打电话，问他中午回不回家吃饭。李新说不回去了，中午有招待。杨霞说，切，就知道你不回来了，中午谁招待啊？有夏荫吧？李新在电话那头哈地一笑，说对呀，你怎么知道？杨霞突然觉得有些冒失了，这哪像搞地下工作的啊，赶快稳住情绪，说，那你不要喝酒啊，晚上早些回来。

挂了电话，杨霞开始回忆丈夫李新和夏荫之间的疑点。李新在团里一直是小角色，平时的大戏基本上轮不到他，即使上了，也是一句台词都没有的小龙套。不过，有一次到教育系统演小品，李新和夏荫演了对手戏，还拍了几张剧照。那次演出结束后，李新在杨霞面前似乎说过夏荫的好话，说她戏路子宽，善于调节现场气氛，跟她演对手戏，演技长进了不少呢。莫非是从那时候，他们两人就瓜葛上了？这是完全有可能的。从那次以后，李新在团里的地位节节攀升，由原来的小龙套，跑成了大龙套，由大龙套，跑成了小角色，由原来一句台词没有的小角色，变成了主要配角，而这一次，团里排一台准备到省里会演的七场现代话剧，他一跃而成为了男一号，这是为什么？因为夏荫啊，夏荫是团里的台柱子，年轻貌美演技高，没有她，这台戏就撑不起来，她要是点名让李新演男一号，团长也不敢说不。

杨霞仔细研究着剧团演员的合影照片，越看越觉得疑点重重，李新和夏荫为什么不站在前排而站在后排？按照夏荫在团里的地位，是完全可以站前排的嘛。那么，可以站前排而不站，一定是有原因的。什么原因呢，不用说，是他们两个人在后边做小动作了，至少是手拉手了，这是毫无疑问的，前边有两个男的挡住了他们的半截身体，但挡不住他们两人的面部表情，李新脸上的不自然，仿佛是正在酝酿的笑，就是笑没有笑出来而已经开始笑的那种感觉。夏荫的笑就不一般了，就好像她已经憋不住了，非上厕所不可，却又拉不出的那样表情。这两人的表情怎么这么怪异啊，一定是藏着共同的秘密才有这种怪异的表情的。

晚上，李新下班回家，看到沙发前的茶几上，躺着那张剧组合影，就拿起来看看，随即一笑，放下了。

有什么感想啊？在一边玩电脑游戏的杨霞早就悄悄瞟着李新了。

什么什么感想啊？噢，你是说排戏啊？不是我吹的，我的艺术感觉就是比他们高出一筹，我提的那几点修改意见，团长都采纳了，让编剧今晚连夜改剧本。李新很得意地说。

是吗？杨霞假装平静的样子，是你一个人的艺术感觉？

也不全是，不过是我先提出来的，夏荫也完全赞成。

杨霞心里有了底，果然又是夏荫。杨霞得到这条重要信息后，首要任务是要稳住李新，不要让李新有所察觉，这样才能一举破获他和夏荫之间的苟且之事。杨霞说好啊，等彩排的时候，找张票给我，我要去看看你首次当男主角的风采。

杨霞的话更让李新得意了，他激动地说，这回啊，我可是真露脸啦，不光是男一号，这台戏的广告植入，也是我出的主意啊，连夏荫都说，要不是我的智慧，云海大酒店根本不会赞助的。在我的提议下，整台戏有五次提到云海大酒店，甚至，最后一场戏就发生在云海大酒店的大堂里，我还设计了最后一句台词，哈哈，牛吧？

别得意太早啊，杨霞一语双关地说。

什么得意啊？李新没听懂杨霞的话。

你自己知道……没什么，你忙你的吧，我要偷菜了。

日子飞快，转眼就到彩排那天了。根据一个月来的调查、摸底、打探、分析，杨霞可以说已经完全掌握了李新和夏荫的底细，只等捉奸捉双了。

彩排在云海大戏院举行，杨霞坐在第五排，每当李新和夏荫这对"情侣"同台演出时，杨霞就在心里说，等着吧，这对狗男女，你们马上就要露馅了。

演出结束前的最后一句台词里，林歌（夏荫饰演）深情地对周加法（李新饰演）说，加法，这云海大酒店，不仅见证了我们爱情的萌芽，也见证了我们爱情的开花、结果。加法，今天晚上，还和五年前一样，我们住在602房间，好吗？周加法在忘情地说好的同时，一把抱住了林歌。

这时候，迷人的抒情音乐响起，舞台上，灯光渐暗，林歌牵着周加法的手，也就是夏荫牵着李新的手，向云海大酒店走去。

彩排无疑是成功的，杨霞从全场雷鸣般的掌声中就可以得出结论。在演员集体谢幕时，李新和夏荫依旧紧挨在一起，和着观众的掌声而鼓掌。坐在前排的分管文化的副市长和市委宣传部部长等领导纷纷上台和主要演员握手了。大家沉浸在彩排成功的喜悦中，从演员到领导，脸上都笑如春花。

这时候，杨霞悄悄地走了。杨霞有一项重要工作要做：先期赶往云海大酒店，密切监视602房间。她没有电视剧里那样的监视设备，她只需要躲在大厅一角的咖啡厅中，密切关注着门厅就行了。按照程序，彩排结束后是例行的座谈，由文化局长主持，分管副市长做指示。座谈结束后是庆祝晚宴，晚宴结束后呢，生活中的林歌就要带着周加法来云海大酒店602开房间了。不过也不排除他们在庆功宴上提前离开。所以杨霞只好先期埋伏了。

果然一切尽在杨霞的掌控之内，晚八时许，杨霞看到猎物出现了，对，打扮很时尚又很性感的女一号林歌（夏荫），风姿绰约地来到云海大酒店大堂，没有犹豫就进了电梯，杨霞注意到，电梯到六楼停住了。

杨霞的血往脑袋上涨，心跳也在加速，她立即就从另一部电梯上了六楼。如果不出意外，她的判断是准确的，周加法（李新）一定如约来到大酒店了，很可能已经提前在房间等着了。

果然，杨霞看到夏荫正和一个男的互相簇拥着打开602房间。

让杨霞惊异的是，那个男的不是李新，而是下午彩排结束后上台慰问的副市长。

已经完全进入状态的杨霞冷静地考虑一下之后，觉得这一定是李新的阴谋。杨霞拿出手机打李新的电话，李新的手机果然关机了。已经完全沉浸在自己设计的剧情中的杨霞，开始重新梳理剧情，看看问题出在哪里？整台话剧并没有第三者插足的迹象啊，那么，李新去哪里鬼混了呢？

闷闷不乐的杨霞回到家门口，一眼看到门空里站一个人。杨霞紧张地躲到一边，小声喝问，谁？

我啊……

是李新的声音。

你怎么在这里？杨霞松了一口气。

我还能去哪里啊，我把包丢了，手机，还有钥匙，全丢了……

杨霞并没有责备李新，而是鼻子一酸，扑了上去，抱住李新说，戏里没有这个情节啊……

捐 款

某年，在山东周村开民间读书年会，会议期间参观周村古街。一班民间藏书家和读书人装模作样地走进了充满明清风味的古街道上。

古街的起头有一魁星阁，是散落各地的周村籍名士捐款修建的，捐款者的名字刻在一块块石碑上，很有些招眼。看捐款人的来路，有不少还是学部委员、大学博导和部队将军。参加年会的读书人、藏书家，大都有舞文弄墨的嗜好，有的在当地还小有名气，对于魁星阁的来历和作用，自然也是知道一二的，大家便蜂拥而上，走马观花地看了一圈。

继续参观，走到周村烧饼展示厅前，来自山西的藏书家杨沁源是个高高大大的汉子，用三十年前一度流行的"黑里透红"来形容他的脸非常的恰如其分，另外，杨先生还善谈，一路上他总是喋喋不休地给参观者介绍这介绍那，言谈中，仿佛他来过古街。

来自天津日报的罗先生觉得杨沁源是个有趣而好玩的人，便对我说，咱们逗逗杨先生。我说怎么逗？罗先生说，就说我们刚才在魁星阁看到有他捐款的碑刻，看他怎么应对。我答应配合。

罗先生追上杨先生，说，杨先生，刚才我们在魁星阁上看到有你捐款的碑刻了，你的名字刻得好大啊。

不会吧，我又不是周村人。杨先生一脸的疑惑。

什么叫不会啊，我们又没有看错。罗先生说，你虽然不是周村人，可也是名士啊，山东山西不分家嘛，而且来过周村——对吧？你来过周村。

周村我是来过，可我没有捐款啊。

我不会看错的，写的就是你杨沁源的名字，而且前边还标明是山西杨沁源。你们山西还有别的作家杨沁源吗？

没有，搞藏书写东西就我一个杨沁源。

那就对了嘛。

可我真的没捐过款。

你别不承认了，我知道，按照民俗，在那种场合捐款的，一般人都不承认，可明明就写着你的名字，又不是我一个人看到的，不信，问问老陈，老陈，你是不是也看到啦？

我说，看到了，山西杨沁源，碑刻，捐款一千元。

怎么样？罗先生说，要不是老陈也看到了，你还说我撒谎了。

怪啦。杨先生摸摸脑袋，陷入了沉思。

你再想想。罗先生说。

捐了多少钱？杨先生问——显然有些动摇了。

罗先生说，好像是一百，老陈，你看是多少？

一千，我说，山西杨沁源，一字后边三个零，不是一千吗？

真怪。杨沁源纳闷了。

罗先生碰我一下，示意我们先走。我们离开大部队，急步走了。走到前边的古董行，罗先生笑着说，老杨思考了，他心理上有负担了，因为他要是不承认，说明不是我们在撒谎，就是他自己在撒谎，可我们是两个人，互相作证，他是一个人……哈哈，等会再逗逗他，看他怎么说。

到电影《大染房》的实景地参观时，罗先生又走到杨先生身边，问他想起来了没有。

我不记得了。杨沁源的口气明显和刚才不一样了，我以前来过周村的。

是啊，也许是捐过了，但是不记得了，是不是？罗先生进一步诱导他，你以前捐过款吗？在别的地方？

捐款我是常捐的，我到哪里，只要有捐款的，我都是主动捐……

那就对了，你那次来周村，碰巧人家修魁星阁在募捐，你就习惯性地捐了嘛。罗先生循循善诱地说，你可能没介意，可人家把你记下来了。

有可能……

不是有可能，事实就是这样，你再想想，别做好事留了名还不承认，你捐了就捐了，捐给魁星阁，是想做大文士，又不是什么坏事丢人的事，有什么好保密的，我们又不想夺你的份！

我一边佩服罗先生认真的诱导，一边观察杨先生的反应，我看到，杨先生的脸上，现出一丝尴尬的神色。

罗先生没有再纠缠下去，他恰到好处地远离了杨先生，是第一个走出《大染房》的实景地。

我偷偷观察一下杨沁源，发现他有心事了。

待到参观结束，在周村文联的招待晚宴上，罗先生拉拉我，我们又"碰巧"坐在了一桌。席间，罗先生旧话重提，再一次表扬杨先生做好事虽然不想留名，但名字还是留在了魁星阁的碑刻上。这次，杨沁源非常爽快地说，我想起来了，是有这么一回事，我那年来周村游玩，捐了这么一笔款了。

是啊，这有什么保密的，承认了，不就得了嘛。罗先生还是郑重其事地说。

是一百还是一千？有人问。

应该……是一千。杨先生两眼炯炯有神地看着我，肯定地说，在这种场合，一百怎么能拿得出手？是不是老陈？

是是，是啊，我说，确实是一千。

罗先生如释重负地说，终于还是想起来了，我知道杨先生是实在人，这就好了……来，杨先生，敬你一杯！

杨先生也很爽快地端起了酒杯。

史老板

史老板对他家人说,我有知情权,请你们不要瞒我。

史老板是感冒引起的绝症——他原先感觉不过是咳嗽,干咳,后来,感觉到胸闷,一个多月来,由于不停地打理业务,又不停地在家人和三个情人间周旋,一直没有正儿八经地去医院查查,眼看着咳嗽在不断地加重,胸闷也异常厉害,才在家人陪同下,去肿瘤医院做了全面的检查。从家人异样的目光和紧张的神态中,他感觉情况不妙,才问了上述的话。

史老板的爱人和儿子都在身边,史老板把眼睛直视着老婆,说,你们告诉我。

没有人回答。

史老板知道了八九成。心里哀叹一声,对儿子说,你说,儿子,你说,不要紧的,老爸已经五十岁了,没有什么没经历过的,我都不怕你还怕什么,家里的财产都是你的,你说。

儿子显然和母亲约好了的,只好变着一种提法,说,专家会诊了,情况不好,肺部的大面积阴影是一种病毒感染,很厉害的病毒感染,目前还没有特效药,只能慢慢调养。

史老板回家后,上网查了肺癌的症状,结果是,肺部癌变是癌症中最绝的,一旦查出,就是晚期,而且无法治疗。他又查了几个病例,都是在查出后的很短的时间内失去了生命,最长的活了五个月,最短的只有一个多月。史老板心全凉了，没想到自己奋斗了二十多年，拼下了过亿的家产，自己的后半生却无法享受了。

家人和史老板接受了医生的建议，用中药保守治疗。

史老板在服用中药期间，对心里放不下的几件大事做了处理，比如债务，比如另一家子公司的股权等等，最重要的，他还对三个情人做了了断。那天他状态稍好一些，服用中药以后，去了趟办公室，依次把三个情人叫来。第一个情人叫小梅，最年轻，大学毕业才两年多，跟他相好也有一年多了，风情万种型的，可是他精力明显不如前几年了，觉得床上的小梅并没有得到满足，心里一直歉疚。他对小梅说了实情，小梅真是重情重义啊，抱着他泪流满面。史老板抖擞精神，在办公室里试图最后一次安慰小梅，小梅也倾情配合，但效果还是不行。史老板在情感上，越发地对不住小梅了。史老板只好临时改变了决定，把准备给她的五百万元了断费，改成了八百万元。小梅拿着支票，恋恋不舍地走了。史老板叫来的第二个情人，实际上是他人生的第一个情人，叫楚香，三十刚刚出头，她和史老板相好有七八年了，是个口齿伶俐的女人，而且只知付出，不求索回，原来是史老板的公关秘书，却首先把史老板公下了，史老板清楚地记得，他们第一次出差时的情景，楚秘书讲了一个段子，说某女秘书搭上县长的车，县长禁不住伸手摸女秘书雪白的大腿。女秘书问县长：你记得我送你的那本书第 116 页第 7 段开头写着什么吗？县长脸红了，急忙收手。回到家后，县长迫不及待翻开那本书第 116 页第 7 段，只见上面写到：胆子再大点，往下走，有无限风光等着你。县长拍腿大呼：妈呀，理论知识不强将失去多少机会啊！楚香讲这个段子明显是挑逗嘛。理所当然，史老板上了楚香的香床，成为了和谐的伴侣。史老板也向楚香说明了实情，给了她事先准备好的五百万元，让她另择高枝。第三个情人也来了，某电台的主持人，叫可儿，是个知书达理型的，史老板至今还能背诵他跟她示爱之后，可儿给他的那封情书。史老板当着可儿的面，又背诵道：寒冷持续了几个星期，爱的降临如获至宝，驱除了爱河的寒气，哦！是的！爱的种子降埋于我们的心田，爱潮拥抱着我们，倾刻间，海浪平静如初，每一朵浪花的欢呼，雀跃成朵朵的银花，宛若含苞欲放的睡莲，朵朵都像前世的梦，一个新的春天的世界里，因有爱的溢满，像井源，像泉源，从那里流淌着，慢慢滴，又如喷薄欲出的海浪，朵朵宛如前世的誓言，或许我们不能选择这个世界，不能选择四季如春，但是我们可以选择畅游于爱河里，创造我们丰饶的爱情生活！春天来到我们的心田，银色的浪花在心底奔涌，一路潺潺而行，那是爱的喜悦，是灵魂的呼唤，我们禁不住……我要和你相伴永远！史老板背完了，捧着可儿的脸，泪水涌出了眼眶，继续哽咽道，可儿，亲爱的，不能相伴永远了。说罢，拿出一张五百元的支票，塞到她的手里。

史老板没有后顾之忧了，剩下的财产，几幢别墅，几幢商务楼，几家运行良好的工厂和公司，几部豪华车，数百张名人字画和大量的古董，数千万元的股票，还有数千万元的现金，让老婆儿子打理吧。

但是，一个多月后，在家人的悉心照料下，史老板感觉胸闷减轻了，咳嗽也减弱了，有时居然一天都没有咳嗽的症状，史老板决定再到北京解放军305医院复查一次。这次检查的结果，让史老板喜出望外，肺部的阴影奇迹般地消失了，再进一步地检查，排除了癌症。

死而复生的快乐让史老板精神大振，回家后，决定重新制定公司的发展规划。

在他紧锣密鼓把公司做大做强的日夜操劳中，他想起了被他打发走的三个情人，心里有些对不住他们，觉得自己的做法会让对方误解，以为是诈病，故意要甩了她们。史老板考虑再三，决定给情人们每人发去一条短信，以说明情况，同时，又非常煽情地欢迎她们回来，重新开始新的生活。岂料，三个情人无一例外地或明说或暗示，不会再回到史老板身边了。

史老板简直不敢相信，难道还有别的男人对她们更好吗？就又分别发了短信给她们，问她们离开他之后的这段日子里，情感生活还幸福吗？让史老板万万没有想到的是，三个情人回复的短信让他惊异万分，小梅的短信说，我的情感生活嘛，就相当于雅兰席梦思床垫。史老板一下子没反应过来，让新来的女秘书找找这条广告，上面的广告词是，尺寸超大，强壮又柔。史老板明白了，小梅又有新的爱情了。很快的，楚香的短信也回了，只简单地写了几个字，雀巢咖啡。史老板以为她离开他之后的感情生活像雀巢咖啡一样浓香醇厚，但是，当女秘书把雀巢广告拿给他看时，他目瞪口呆了，上面分明写着，欢乐到最后一滴。于是，史老板也知道了，楚香的情感生活也很圆瞒，她是不会再回来了。史老板把最后的希望奇托在可儿身上。但是可儿的回信同样让他费解，国泰航空。史老板立即让女秘书念国泰航空的广告词，每周七天，一天三班，中途无休。史老板也知道了，可儿已经是别人的可儿了。史老板伤感地想，那场病，来的是时候呢？还是不是时候？

　　站在他身边的女秘书看老板情绪不对，就劝慰他说，老板，不用担心啊，还有三菱电梯啊。史老板看着身边这位做过模特儿的年轻而美貌的女秘书，说，你不是叫菱儿嘛，怎么扯到三菱电梯上啦？我是菱儿，也是三菱电梯。菱儿说完，红艳的双唇啵一下史老板手里的报纸。史老板在报纸上找到三菱电梯的广告，一行粗黑的标题是，上上下下的快乐！史老板合上报纸，说，重新洗牌！

通往姚浦的班车上

候车室里，阴暗、潮湿、闷热。

候车室外，同样的盐潮卤辣，似乎还有雾状的细雨。

这样的鬼天气，没有人能高兴得起来。

刘金的心情更是糟糕透了。先是多年的女友离他而去，临别之际，还留下恶毒的咒语，说刘金事业上的失败，不光是他做人的质量差，就连名字，也听起来腻歪，流金，听听，你家能有多少金钱吃得住败坏啊？流经，切，你又不是女人，呸，死去吧你，拜拜啦！

在刘金的经历中，还从来没有人拿他名字说事，有许多人甚至认为他的名字吉祥，留金，留得住金钱啊。可叫女友这么一解读，似乎最近霉运不断，都和名字有关。而更为倒霉的是，上午，他的皇冠刹失灵，一头撞到海滨大道的护栏上，幸亏护栏高大结实，不然他连人带车就飞到海里喂虾婆了。

车子在修理厂大修了，他也该回家休息两天了——明天就是周六，趁着双休日，回到姚浦的父母身边，一来看看父母，享受一下母亲烧的美食，二来，赶赶海，吹吹海风，好好调整一下心情。

这是刘金十年来第一次选择坐公交车回家。是啊，他好久没有在这样的候车室候车了，尽管潮闷，尽管气味混杂难闻，但他享受的正是这样的无拘无束和自由自在，仿佛重新回到了人间。

刘金的车票是下午两点整，离开车还有一个小时，时间还早了。刘金一边用报纸扇风，一边注视着对面的女孩。这个女孩也没有什么特别的，长相平常。但平常女孩总有优越的一面。这个女孩虽然两颊散落着许多细小的雀斑，但皮肤还不错，油滋滋的细腻，看上去，身材也极其优美，和刚刚离他而去的女友不差上下。刘金便注意地看她，观察她的一举一动。凭刘金多年的阅人经验，感觉她是一个安静的女孩，坐姿也很文雅，眼神更是纯净，年龄也就二十五六岁吧，很平和很清淡的样子，心里就不免地升起一股温情。刘金是个理性多于感性的人，觉得有这样的念想，可能是与自己刚刚失恋有关吧。失恋的人都是脆弱的。他不记得这是哪位哲人说过的话，此时用在他身上再合适不过了。

刘金身体被人挤了一下，抬头一看，有人紧挨着他坐下了。这是一个微胖的年轻人，一件劣质的T恤，一条肮脏的牛仔裤，头发乱蓬蓬的，像一堆章鱼须。刘金想躲他一下，可刘金的另一边是一位上年纪的海岛老大妈，身上一股臭鱼烂虾的味道。刘金就把身体往后一靠，心想，随他去吧，反正一会就上车了。可他这一靠，似乎惊起了粪坑的苍蝇，嗡的一声，散开来的，不光是苍蝇，更是一股扑鼻的恶臭味。刘金斜一眼身边的男孩，伸手掩住了嘴和鼻子。但是，刘金再怎么能忍，也有让他受不了的时候。刘金想起身离开，找一个僻静的地方。刘金放眼一望，整个候车室像个大蒸笼，一个一个挨着的人，就像坛子里的腌咸鱼，或者像拥挤的发面大馒头。算了吧，哪里也不去了，再说，对面咫尺之地，还有雀斑女孩，这可是一道美丽的风景啊。

雀斑女孩浑然不觉候车室里的气味有多么恶劣，多么难闻，居然掏出手机在玩，她是在玩游戏呢，还是在发短信？也或是手机上网吧。刘金悄悄注视着她，心情渐渐地平和起来，觉得生活还不至于这么糟糕，甚至，还有一些希望——假如，刘金想，她要是和他同乘一辆车，就有一个多小时的乘车时间可以近距离看到她了，那或许是一件美好的事情，至少在今天。刘金想跟她搭讪，随便说点什么都行，该死的天气啊，即将到来的台风啊，或者，出行的目的地啊。但是，刘金不想这么冒失，觉得时机不是时候，会吓着人家的。

喂。

胖男孩伸着头，冲对面的女孩说。

刘金感觉到耳边的胖男孩屁股欠了欠，还滑动一下，酸臭的粪味再一次泛滥起来。刘金闭紧一口气，慢慢呼出来，觉得这个男孩像他身上的恶臭一样可恶，就这种德性还想勾引人家女孩。

雀斑女孩果然头也没抬地继续玩手机。

胖男孩变本加厉地把头又往前伸伸，伸手在女孩的膝盖上碰一下。女孩的膝盖本能地一收，惊诧地看着他，说，干嘛？

问你呢，往姚浦的车是不是晚点啦？

不知道。女孩的脸红了，鼻子两边的雀斑明显起来，她把头埋低了下来，继续玩手机。

胖男孩自找没趣，把身子又收回到座椅上。他这一收，更重地碰擦了刘金一下，刘金更加厌恶他了，感觉到身上有了明显的划痕。人渣！刘金恨恨地想，居然会跟他同车，他怎么配去姚浦？姚浦的风光是那么美丽，只有雀斑女孩才配得上去姚浦。但是，从刚才他们一问一答中，女孩似乎不是去姚浦，否则，怎么会说不知道呢？且慢，雀斑女孩说的不知道，可能是针对是否晚点的，或者仅仅是为了敷衍他。

终于检票上车了。

真幸运，雀斑女孩就是上姚浦的，她背着双挎肩小包，在他前边上了车。刘金找到自己的座位，更感到幸运的是，他就坐在女孩的身后，女孩的长发就在他面前，他的呼吸都能让女孩的长发飘起来。刘金心里涌起一阵久违的甜蜜。然而，这样的愉悦心情，不到一分钟就被另一种坏情绪取代了——胖男孩居然紧挨着女孩坐下了，真是堵心啊，他们的座位号会是相连的吗？还是胖男孩自作多情？刘金真希望再过来一个人，请胖男孩离开，让他滚到他应该坐的座位上。

刘金盼望的事情没有发生。车子行驶在通往姚浦的沿海公路上，右边是绵延的云台山，左边是浩瀚的大海，中巴车速度很慢地沿着山势蛇形行驶，每次在车体剧烈摇摆的时候，刘金都看到胖男孩无耻地碰在女孩的膀臂上。女孩紧缩着身子挨在窗口，似乎是在躲避他无休止的骚扰。刘金很生气，不，简直是愤怒了，他见过无耻的人，没见过这么无耻的。但是，他又能怎么样呢？既不能保护女孩，对胖男孩又无法制止。他只期望雀斑女孩呵斥胖男孩甚至大骂对方流氓，这样，他就可以见义勇为把胖男孩狠揍一顿了，然后，再一脚把他踢下车去。

中巴车驶进了云台山隧道。云台山隧道号称中国最长的公路隧道，有二十公里长，双向两车道。

隧道里一片漆黑，偶尔对面来一辆车，亮光也只是在车内一闪而逝。

刘金更为雀斑女孩捏一把汗了，觉得在这样漆黑的隧道里，胖男孩要是对女孩不轨，在她腿上摸一把，或做出更出格的举动，女孩因为羞涩，也是不敢乱喊乱叫而会选择忍气吞声受其污辱的。而且隧道这么长，车速又开不起来，要走二十几分钟啊。刘金不禁担忧起来，觉得要为女孩做点什么，对，保护她，决不能让胖男孩欺负她。

前边没有车灯过来，车内长时间处在黑暗中，有一些莫名其妙的声音，仿佛中，感觉到胖男孩正朝雀斑女孩靠过去，并且伸出了罪恶的魔手。刘金本能地觉得，他要阻止胖男孩，他要斩断那只黑手，他的黑手是那么臭，那么下流……刘金下意识地伸出手，拭图护往女孩。刘金的手碰到了一条胳膊，一条光滑的、清凉的胳膊。与此同时，那条胳膊颤抖了一下，刘金立即明白，他摸到女孩的胳膊了。"啪"，像是巴掌煽在脸上。刘金迅速地抽回手。正巧对面开来一辆车，借着车灯的亮光，刘金看到，胖男孩捂住脸，正惊愕地看着雀斑女孩。也许那只是一瞬间吧，车内又恢复了黑暗。女孩声音很低地说，流氓！

刘金马上明白了，雀斑女孩以为是胖男孩摸了她的胳膊。哈，真是再好不过了，没想到弄拙成巧，让胖男孩承担了"流氓"的恶名，而且还挨了一巴掌，活该。刘金心里解恨般地得意起来，觉得胖男孩不敢造次了。事实也正是这样，在断断续续的车灯映照下，胖男孩有意靠外侧坐着，而雀斑女孩也很自然而放松地坐在自己的座位上了。

三十分钟后，中巴客车终于驶出了隧道。

在穿过一大片一望无际的盐田后，车就停靠到一个叫板跳的小镇上。车内虽然有空调，但许多人还是乐意下车去活动一下腿脚，尽管外面潮湿闷热、细雨霏霏。

在路边小摊上，胖男孩买一瓶汽水。

雀斑女孩也走过去，买一个冰淇淋。

正在抽烟的刘金突然看到女孩笑一下，虽然是微微的、淡淡的，但她笑了。让刘金感到惊异的是，雀斑女孩是冲胖男孩笑的。胖男孩显然对客车上那一巴掌还记忆犹新，不相信女孩会冲他笑，他扭回头，看到了抽烟的刘金。

刘金表情肃穆、目光严峻地看着胖男孩。

哎，你去姚浦吗？雀斑女孩朝胖男孩挪了一步，也许只有半步，脸上挂着一种歉意的笑，对，是歉意，难道是对那一巴掌的歉意？雀斑女孩把冰淇淋咬在嘴里，等着胖男孩说话。

胖男孩受宠若惊地说，啊……对，我是去姚浦，你呢？

前面，我到前面下。女孩的声音非常柔软。

新滩？

女孩点点头。

中巴车驾驶员大声吆喝乘客上车。刘金在踏上车门的时候，忍不住又回头看一眼胖男孩和雀斑女孩，还好，他们没有进一步的交流。

中巴客车继续行驶在盐田中间的水泥路上，前边隐约可见的村镇，就是新滩了，新滩，是新滩盐场场部所在地，也是著名的精盐生产基地，雀斑女孩很可能是新滩某制盐企业的白领。刘金想，他和新滩不少老板有业务上的联系，说不定不久之后，会在新滩的某个宴会上见到雀斑女孩的，那时候，就是邂逅了，就可以惊喜一下，有话可谈了。

你就要下车了——前边就是新滩。胖男孩说，明显是没话找话。

对，不过姚浦也快了，下一站就是，雀斑女孩的声音里，透着快乐，甚至是欢喜。

我新滩有同学，正巧也想去玩玩。胖男孩说。

是吗？那太好了，一起下车啊？

说话间，车子停下了。新滩到了。

刘金看到，胖男孩在前，雀斑女孩随后，走下了中巴客车。刘金的心里怅然若失又五味杂陈，他不自觉地回头望去，看到两张年轻的绽放的笑脸，在细雨中是那么的美丽。

刘金突然觉得，通往姚浦的路是如此的漫长，姚浦的美丽风光又是那么的不值一提，如果不是父母住在那地方，他也会立即下车，返回市区的。如果可能，他会给女友打个电话，检讨他的过错，然后和以往的每个周末一样，在女友处一起烧饭吃。

刘金感觉口袋里的手机在震动，拿出来一看，有两条未读短信。刘金先看最新的一条，是女友的，或者说，是前女友的，短信说，你在哪里啊？怎么不回我信息？刘金又看另一条：我帮你衬衫洗好了，你是来取，还是我送给你？刘金把这条信息又看一遍，觉得这是一条和好的信息。女人是怎么回事啊？刘金望着窗处的阴雨，心里却是一片阳光了。

回家静养

吴小月养病期间，有两件事让她过意不去，一是，她对不起园长林美丽，人家是私立幼儿园法人，一下子跟她订了三年合同，这合同第一年，简单说只上半年多的班，自己就患病了，要休息静养三个月；二是，班上三十多名天真可爱的孩子，一张张花骨朵一样粉嫩的小脸蛋，刚刚适应了新环境，也适应她这个新老师，就要和小朋友分别几个月，情感上还真过意不去。但，病来如山倒，养病的事又含糊不得，只得在心里暗暗下了决心，等病好后，一定好好工作，报答园长的知遇之恩。

吴小月病愈上班第一天，就跟笑弥佛一样的园长表态，还教原来那个班。

林园长太阳一样的大脸上绽开一圈一圈的笑，说，可以可以。

让吴小月欣慰的是，班上的孩子还都认识她。

在接下来的工作中，她处处留心，事事尽心尽责，教学上更是卖力，班上的孩子欢声笑语快乐无比。

孩子开心，家长开心，她也开心。

但是，吴小月发现，同事们都不开心——大家见到她，爱睬不睬的，就像陌生人一样陌生，就是她主动跟同事们打招呼，人家也只是哼哈地应一声，赶快找理由离开，要是在走廊上或运动场上碰见了，她也仿佛一尊瘟神，同事们是能躲则躲，能绕则绕，最后，弄得她自己都人不是人，鬼不是鬼了。

吴小月找她的好朋友好，向她诉说自己的苦恼。好见四周没人，就问她，你是不是得罪园长啦？吴小月说没啊，好好的啊，园长对我可好啦，养病期间不但发了基本工资，还看过我两回呢。好犹疑了一下，说，那你还是找园长谈谈吧，早点谈，还主动一些。吴小月说，到底怎么啦？好欲言又止，嗫嚅着说，我哪里知道啊，你没看见大家对你的态度啊，都跟有病似的。

吴小月只好到园长办公室。

园长还是那样的笑脸，那样的和悦，她一见吴小月，就公事公办地说，你来了正好，我也正要找你。园长说着，从桌子上拿出几张表，递给吴小月。

吴小月接过一看，这些表，都是对她的考核，是园里所有老师对她的考核，很奇怪的是，这些考核只针对她一个人，而且只考核她做错在哪里。每个老师每天写一条，她的错，有些简直莫名其妙，比如对孩子讲话声音高啦，比如孩子喝的水冷啦、热啦，比如强制孩子午睡啦等等，都是些莫须有的。

园长说，这是上个星期的，本周的在这里。园长拉开抽屉，并没拿出来给吴小月看，又神秘地合上抽屉。

怎么……这怎么只考核我一个人啊？

林园长笑盈盈地说，别人表现很好，不需要考核啊。

吴小月还想说什么，但她已经意识到说什么也是多余的了，园长是在故意整她。

机会还是有的，你要好好表现啊，回教室吧，孩子还等你呢。园长说，我在合适的时候，再找你谈。

回到教室的吴小月，联想到病愈上班这十多天来的境地，才知道，自己回来上班并不是什么明智的选择，说白了，林园长不欢迎。但是，由于她和园里签有三年的合同，而合同期内是不能无故解聘她的，即便是生病，园里也要负责。合同上只有一条，就是考核不合格，园里才可以解除合同。园长现在所做的，就是处心积虑让她不合格啊。吴小月想跟园长理论理论，可这又有怎样的效果呢？今天是周四，明天再坚持上最后一天班吧，然后，和孩子们道别。吴小月想到这里，鼻子一酸，眼泪哗地涌了出来。

一个小女孩跑过来，从小花衣的口袋里掏出面巾纸，奶声奶气地说，老师别哭，小乖来哄哄你，啊，别哭啊……老师你怎么啦？

吴小月搂着小女生，说老师生病了，老师明天再来陪你玩，然后，就要在家养病了，好吗？

以后的事情，大家都知道了，吴小月因为身体不适，辞去了幼儿园老师的工作，回家静养了。

香　臭

要过年了，收藏家老庚准备打扫卫生时，闻到一股臭味。

老庚的老婆翠花是个洁癖狂，退休前是第一人民医院的护士长，退休后到上海女儿家带小外孙，明天就要从上海回来了。老庚准备彻底把家里的卫生打扫一遍，迎接老婆从上海归来。

但是一股怪异的臭味，让老庚产生了思想负担。如果洁癖狂翠花回家闻到这股怪味，必定十分生气。翠花一生气，就会像红太狼一样揍他。翠花揍老庚不是用平底锅，也不是用鸡毛掸，而是用毛笔，老庚用来写大字的斗笔。老庚挨打倒是不怕，老婆下手也不重，打是疼来骂是爱，万一把毛笔弄坏了，那就亏大了。老庚决定找到臭味的源头，然后彻底清除，让臭味变成香味。

老庚家的房子是大房子，客厅、卧室、书房、厨房、收藏间，加在一起，大大小小有六七间，老庚只需要简单的判断，就知道臭味来自哪里了——收藏间。臭味来自收藏间，这让老庚稍稍有些吃惊并感到奇怪。按照老庚最初的猜想，臭味应该来自厨房，或卫生间，来自卧室也有可能。书房和收藏间是决不会有臭味的。可事情有时候往往出人意料。老庚又重新做了试验，他把所有的房间门都关起来，然后站在客厅里，放长了鼻子，到处嗅。客厅里没有臭味。老庚打开卧室，再到卧室里嗅，也没有臭味，没洗的袜子和裤头倒是有几件，但它们并没有发臭。以此类推，厨房、卫生间、饭厅等房间里都没有臭味。臭味还是出自书房和收藏间。书房的臭味稍淡，收藏间的臭味浓度最高。老庚决定从收藏间开始寻找。

老庚对于闻臭，经验不足，他在退二线之前是民宗局的副局长，分管宗教，经常到寺院去检查工作，闻到的都是香火味。他闻香的本事是相当独到的，只要他上山，嗅几下鼻子，就能知道寺院离他有多远了。可让他闻臭，进而找到臭味的源头，实在是难为了他。但是，迫于老婆的洁癖，他也不能不找。

老庚的收藏间和书房套在一起，简单说，就是里外间，里间用来收藏他那些宝贝，外间用着书房。老庚有不少好字好画，都是本市的名家，也有丛林的方丈或大德高僧，就是外地的名家也不在少数。这些名家字画应该和他书房藏书是一样的，充满书香，何来臭味呢？莫非有死老鼠？不可能啊，这是三楼，几道门都是密封的，连风都进不来，何来老鼠呢？或是臭鱼烂虾？也不可能。臭鱼烂虾只能来自厨房，决然不会跑到收藏间来的。老庚可以说是翻箱倒柜，看到的都是一幅幅散发着水墨芳香的书画作品，并没有找到臭味的来源。

老庚泄了气，倒在客厅的沙发上发呆。

发呆的老庚渐渐就有些犯迷糊，想打个盹，以至于手机响了，他都懒得接。不过他还是懒洋洋地接了电话，一听，是楚大师的。楚大师是本市手屈一指的著名画家，花鸟人物山水样样精通，泼墨工笔写意都能来几笔，还得过联合国的什么大奖，安南亲自给他发过证书。

楚大师啊，什么事？老庚没精打采地说。

干什么啦？楚大师声音一听就牛哄哄的。

在家啊，准备打扫卫生，要过年啦。

卫生什么时候不能打扫啊，过来玩玩吧，我最近画了几十张大画，都是八尺整张的精品，不少你都没见过。

我还去看啊？我都退二线了，没能力买你的画了。

不让你掏钱，就是请你来看看的，给提提意见。

好吧，我去欣赏欣赏。

老庚出门打车，来到楚大师的画院。楚大师这些年赚了不少钱，在太白涧盖了一幢别墅，名曰太白书院，自封院长。老庚还在位上时，常常到楚大师这里玩，看看他画画，听听他吹牛。楚大师的牛吹大了，说他于某年某月亲自去联合国领了大奖，还自编了不少趣闻轶事。老庚明知道纯属虚构，但听得遍数多了，居然跟真的似的，从内心里也就接受了。所以老庚每每再听时，也跟着楚大师热血沸腾，手舞足蹈，恭维楚大师道，不愧是国际书画大师啊。楚大师毕竟是国际大师，他就大骂范曾、喻继高等国内书画名家，说他们的画，说好听点，就是狗屎，说不好听点，帮我提鞋子都不要。老庚也跟着附和，也把范曾、喻继高等臭骂一通，然后再大肆吹捧一番楚大师的画，最后连楚大师画室的墨香味都不忘一通神夸。老庚嗅嗅鼻子，说，楚大师，我怎么一到你屋里，闻着这香味就舒服呢。楚大师拍一下老庚的肩，说，缘，你有书缘，画缘，和我也有缘。

这回老庚一进楚大师的画室，照例的，就嗅嗅鼻子，闻到的，依然是一阵扑鼻的墨香味，再环视一下挂满四壁的一张张大画，心里油然升起无限的敬意。老庚和往常一样，先夸墨香：呀，楚大师，我几个月没来，你画室的香味还是那么扑鼻啊，浓得不得了啊，我就喜欢闻你这里的墨香，好闻，有档次，别的画家都没有你这里的香味正宗。楚大师也不谦虚，说，那当然，我这墨里是加了猪皮胶的，不但墨色好，味也香。老庚颇颇点头，赞不绝口道，厉害，厉害。老庚在楚大师的画室欣赏一圈，坐了一会，喝了一壶龙井，想着家里的臭，想着老婆即将到家，便不敢久留，对楚大师说，我得回了，赶有时间，再来你这里闻香。楚大师也没送，只道一声，慢走，就又埋头作画了。

奇怪的是，老庚回到家里，再到收藏间找臭时，臭味突然就减弱了，再仔细闻闻，屋里原先弥漫的臭味，和楚大师画室的气味如出一辙，很舒服的一种味，这就是通常所说的书香味吧。

但是，朋友们知道的是，老庚还是没有躲过翠花的一顿"痛打"。翠花拎着老庚的大毛笔，从书房追到客厅，把老庚打倒在沙发上。翠花边打边骂道，打你这头猪，我就几个月不在家，家里给你糟蹋成什么样子了，一股烂猪屎味，你就不能收拾收拾。

不消说，翠花寻着臭味，从书房穿过，一直走到收藏间，准确无误地在一个柜子里找到一卷画。翠花把这卷画扔到老庚的脸上，说，就它臭了。老庚知道这是他花大价钱从楚大师那里买来的画，他嗅着鼻子，说，不可能啊。

渔　友

　　画家范特西是钓鱼高手，海钓、湖钓、河钓、塘钓样样精通。

　　李木子是范特西在海钓时认识的朋友。

　　李木子钓鱼喜欢拉一大帮人——当然，这些人平时也都是朋友啦。一大帮钓友在海边排开来，李木子的钩甩下去以后，喜欢挨个朋友走一圈，站在身后嘀咕几声。要是谁先钓条大沙光子，他也要过来恭维几句。总之，李木子的行为有些烦人。你不好好钓鱼，到处乱跑什么啊？不想钓就别来啊。可每次他都是大号头，到哪里钓鱼，湖钓还是海钓，都由他来决定。到了目的地之后，又甩大袖子，不能专心。

　　大家知道他玩心重，也就任他烦了。

　　李木子就是在一块大岩石后边看到范特西的。他开始以为范特西也是他朋友带来的朋友。他看范特西的杆子有些特别，说，这是什么货？这是海钓啊兄弟，这个杆子能钓鱼？

　　范特西不认识他，拖着嗓子说，试试吧。

　　傍晚收工时，大家或多或少都钓了几条，只有李木子，连一只虾婆都没有钓到。李木子背着钓具，跟着大伙往停车场走，他跑前跑后，挨个跟朋友说话。大家这时候有时间了，都拿他开涮——

　　老李你起的头，要来海钓的，你钓的鱼呢？

　　一边去木子，你真是木头的儿子哈哈哈，你说你不好好钓鱼，跑来吹海风，值不值啊？

去去去，别烦我好？我叫你闹的连鱼都没钓到，当心我把你塞到渔篓里。

……

李木子在朋友们面前都讨了个没趣，只好跟落在最后边的新朋友范特西说话。

李木子说，你看他们一个个得瑟的，不就是钓了几条臭鱼烂虾嘛，了不起一样。我是没认真的。我要一认真，他们全都下水。

范特西说，那你来钓鱼……来消遣时间莫非？

李木子像找到知音一样，说，对对对，我就是来消遣消遣散散心的。我画画。我是画家，画国画，天天闷在家里，出来看看，你以为我是真钓鱼啊？切，才没那心情呢。

范特西说，噢，这样。

李木子说，我看过了，你钓得最多。你钓了四条沙光，两条青棍子，还有三条大嘴巴，你钓了九条鱼，对吧？

不对，十条，还有一条小滴根。

李木子惊讶地说，小滴根都叫你钓上来啦？那种鱼可难钓啊，你是高手，高高手。哈哈哈，你看看，你钓这么多鱼还跟我说话，他们只钓几条小破鱼，就成大师了，还是我们投缘，我们才是朋友呢。

呵呵，大家都是朋友。

你叫什么？

你叫我老范吧。

我叫李木子，画家。

范特西说，你画什么画啊？国画还是西画？水墨还是水粉？

李木子口气很大地说，这个，呵呵，你不懂。你钓鱼行，跟你谈谈钓鱼还凑合，谈画画你不行。

范特西又呵呵笑两声。

李木子说，电话？

范特西说，什么？

李木子已经掏出了手机，说，你电话多少？我录一下。

范特西说了一串数字给他。

李木子说，好，我录进我手机了，赶有机会钓，我打你电话。

范特西说，好啊，我也喜欢钓鱼，放松放松。

说话间，走到了停车场，他们挨个上了自己的车，各自回家。

以上就是范特西和李木子认识的经过，没有什么拍案惊奇的。范特西继续自己的生活，天天在自己的画室里，看书，作画，喝茶，每周出去钓一次鱼，日子安闲而自在。

突然有一天，范特西接到李木子的电话。李木子热情地邀请范特西明天去钓鱼，说是一大帮人，不是海钓，这回是到大圣湖钓鱼，晚上安排吃饭。范特西也正想明天钓鱼，凑个热闹也好，又知道李木子也是画画的，有机会请教几下，也是一举两得。再说晚上还有饭局，说不定能认识新朋友。对于画家来说，朋友越多越好，朋友越多，自己的画市场潜力就越大。范特西就爽快地答应了。

湖钓的过程和结果，与上次海钓时如出一辙，大获丰收。而李木子也是空手而归。李木子也同样的和大家话不投机，只和范特西交流了几句。说话的内容也和上次大同小异。最后，李木子说，以为我真是来钓鱼啊，大圣湖管理处处长是我朋友，要买我几张八册整张的大画，我带朋友来钓钓鱼，吃他一顿，是给他面子。

这样的场合，范特西又经历了几回，其情其景，基本上就是上一次的复制。

冬天快要来临的时候，李木子又打范特西的电话了，还是钓鱼。说那几个朋友一个个有事要忙，明天钓鱼人要少多了。

范特西这回不能去钓鱼了。范特西这回真的有事，他接了一个大单，北京的一家美术出版社要出一套当代名画家丛书，范特西也入选了。出版社要求画册必须是新作，因此范特西只好天天在家赶画。他抱歉地告诉李木子，明天也没空钓鱼了，有点事。

李木子说，没有几天了，冬天就要来了，趁着还能钓，我想安排大家再钓几次的，晚上我招待吃饭。可一个一个都有事，算了，我也不去了，人少钓鱼没气氛。你忙什么啊老范？不是你们几个约好的吧？故意不给我面子是不是？

范特西说，不是，我是真忙。

忙什么呢？

范特西知道对方也是画家，不想告诉对方真相，因为能为出版社画画，毕竟是一件荣耀的事，不是每一位画家都有这样好运气的，他怕对方嫉妒，就含糊其辞地说，在工作室，忙点自己的事。

谁知，李木子大为惊讶，啊？你在工作室啊？你有工作室？正好我现在没事，我去你那里玩玩啊。

范特西也不好推，就说，好啊，欢迎啊，你过来吧。我告诉你地址啊，陇海东路十八弄一百六十六号。

不消说，半小时不到，李木子就开车来了。李木子一进范特西的画室，看到范特西正在画案前作画，先是傻一傻，才反应过来，说，老范，你也是画家啊？

哈哈哈，没事弄两笔玩玩，请坐请坐，我给你泡茶。

不用不用，我看看你画画。

也行，正想请你指点指点呢。

于是，范特西继续画画，李木子站在一边观摩。范特西的一笔一画，一搓一擦，都被李木子看在眼里。李木子钓鱼不行，画还是能看得懂的。看着看着，他就悄悄地吸气，觉得这个老范手上工夫太厉害了，决非凡人，老范？是不是那个大名鼎鼎的范特西呢？李木子就朝墙壁上看。墙上有几幅新挂上去的画，虽然没打印章，却有落款，果然就是范特西。李木子也不吭声，自己过去泡杯茶，又给范特西的杯子里续上，然后端着茶站在画案边，继续欣赏范特西画画。

范特西把一块石头画好了，这才腾出时间和李木子说话。范特西说，老李提提意见。

李木子惊惶失措地说，我哪里敢提意见啊？我……我只会钓鱼，哈哈哈，哪天请范老师去钓鱼啊，今天我就不打扰了。

没事没事。范特西把李木子送到门口，说，常来玩啊。

在此后的钓鱼中，李木子不再和范特西谈画画了，钓鱼的技艺反而大有长进。除了开头几次没有范特西钓得多而外，后来的几次，都是他钓得最多。

· 第二辑 ·

确定

二　胡

　　可以说，父亲没有一点音乐细胞，嗓音不好也倒罢了，把握不住乐感可能是致命的缺陷，比如他哼唱《八段锦》、《拉魂腔》、《十劝郎》等等这些流传很广的民间小调时，跑调、窜腔，常常惹得周围人哈哈大笑。但是，父亲浑然不觉，对音乐依然情有独钟，不光喜欢哼哼唱唱，还迷恋乐器。特别喜欢自己制作乐器。父亲做过的乐器有板胡、三弦和笛子。这三种乐器我没有见过，只是常常听他吹嘘。不过我见过他做的二胡，不是一把，而是两把，一把给他供销社一个沈姓的老朋友了，另一把送给了我小学老师徐树权。

　　做一把二胡可不是一件容易的事，材料十分重要，二胡的琴杆、琴轴必须是十分坚硬的木材，我父亲选择的木料，就是很稀见的黄杨和紫檀。

　　顺便告诉大家，父亲有全套的木工家具，各种刨子、凿子、锯子、钻子、锤子还有一些说不上名字的工具，奇形怪状，应有尽有，都是他历年来积攒下来的。父亲想做一把二胡，工具不成问题，问题还是出在原材料上。我清楚地记得，在一段时间里，父亲尝试过多种木料做琴杆，先用一种上好的东北杂木，后来用南方的水曲柳，也选用过当地的枣木、槐木，都不成功。后来是那个沈姓的朋友，提供了一块紫檀木，和一根碗口粗的黄杨，这才让他满意。但是条件是，要给他做一把二胡。解决了木料，第二个难点出在共鸣皮上。我父亲说，上好的二胡是用蟒蛇皮蒙的，没有蟒皮，黑鱼皮也行。蟒蛇皮上哪儿找啊？最后还是这位沈姓朋友，他提供了一张黑鱼皮，这张黑鱼皮很大，可以蒙四五把二胡。

材料凑齐了，接下来，父亲开始动工了。我的记忆中，很长一段时间，父亲都在废品收购站后院的凉棚下，用手工制作二胡。他时而侧身坐在木工案上，时而端坐在木椅子里，目不转睛地专注于某一构件，一刀一刀地刻，一下一下地打磨。父亲知道，一把二胡的质地，材料固然重要，二胡的音质，主要还是靠共鸣皮。所以，一把二胡的关键工艺，全靠这张皮。蒙皮，成了制作二胡最难伺候的一道工序，如果蒙不好，声音是很噪的，容易出现杂音，高把位的狼音更是不容易解决。如果这样，二胡的外形再好看，也不是一把好二胡。所以，父亲对沈姓朋友送来的黑鱼皮并不是十分满意。但也没有更好的办法了。

父亲亲手制作的第一把二胡我没有见过，也没有听他拉过。他制作的第二把二胡，十分精致，油光锃亮的，檀木杆的外观很华贵，呈红中带黑色，木质密度均匀，纹路漂亮，手感舒适。黄杨木做的琴轴更是金碧辉煌，熠熠生辉。整把二胡，外观大方，气质不凡。但音色是不是柔美，音质是不是厚而不腻，亮而不噪，就不得而知了。开始的时候，这把二胡就挂在我家的屋墙上。父亲从供销社回来，都会取下二胡，坐在院子里的榆树下，拉上一阵。

父亲拉二胡的技艺真是糟糕透顶，好好的一把二胡，硬是让他拉出比杀鸡还难听的声音。村里人一听他拉二胡，都说老陈又在杀鸡了。父亲会一本正经地对他们说，你们知道什么啊，新蒙的二胡，要拉上三五个月甚至大半年，琴皮才会慢慢习惯二胡的震颤，音色才会渐渐拉开来。但是，村里人没有人在乎他说这些，一致认为，父亲不会拉二胡虽然是一个原因，更重要的原因是，二胡不好。这二胡是谁要做就能做的吗？他老陈要能把二胡做好，那些生产二胡的工厂不是不要倒闭关门了吗？此话得到了村里人一致的认可。

但父亲并不这样认为，他不但觉得他拉的二胡好听，还好为人师地跟人家表演二胡演奏中的小技巧，比如推弓、断弓、甩弓、击弓、大顿弓、小顿弓、点顿弓，甚至点弓、砍弓、跳弓等高难度技巧。村里人听了他拉出来这些难听的声音，都报以不屑的哂笑。个别的好心人劝他不要再拉了，甚至让他把二胡砸了烧火算了。

　　我的老师徐树权是我们村小徐庄人，在我三年级和四年级的时候，他教我们班语文，他喜欢在劳动课上给我们讲水浒故事，也喜欢唱歌，对笛子和二胡等乐器更是十分精通，可以说是个难得的文艺人才。他知道我父亲有一把二胡，特地来借去玩玩。恰巧学校要排演文艺节目，徐老师自然成为学校毛泽东思想文艺宣传队的骨干，他不但要排戏，还担任乐队主琴。他在表演唱《四个大嫂批林彪》中作的二胡伴奏，真是好听啊，不管听懂听不懂，村里人都说徐老师的二胡拉得真好，他们会用很朴素的话来形容说，跟水淌似的。

　　父亲更是得意，他在演出结束后，跑到后台，跟徐老师切磋二胡演奏中的滑音运用。父亲真的不懂音乐，但他仗着徐老师手里的二胡是他做的，也头头是道地说开了。我当时感到很难为情，觉得父亲真是丢人现眼，特别是，我们班有两个女生是《四个大嫂批林彪》中的扮演者。后来，我听到父亲说，反正我也不会拉，你要是看这把二胡好，送给你了。徐老师不好意思地站起来，把二胡抱在怀里，感激地握着父亲的手。父亲说，赶有时间，我再做一把。

　　但是，几十年之后，直到父亲去世，都没有再做第三把二胡。

初　恋

一

夏天的小学校园里，女生们总是对天气的潮热抱怨不休。她们三五个人聚在一起，喋喋不休地传播着其他小团体的流言坏话。

小梅不属于任何一个小团体，她总是一个人走来走去，在上学放学的路上，在割猪菜的田埂上，就是在操场上玩，她也总是一个人远远地望着遥远的蓝天。她也会唱歌，这一点我敢肯定，有一回我在河边逮柴喳喳（一种鸟，喜在芦杆上做窝），可能她没有发现我被密密匝匝的芦柴淹没了吧，歌声就响起来了，是那首当时最流行的《远飞的大雁》，她轻轻地唱道："远飞的大雁，请你快快飞，为革命刀山敢上火海敢闯啦哈……"她正在忘情歌唱的时候，突然间发现了我。歌声戛然而止，取代的是一张涨红了的脸。她嘴里似乎还嘟哝一句，可能是骂我吧，然后，手指上缠着一根红色塑料头绳，快步走开了。我看到她两条齐肩的长辫子，有一条散开来了。她一边走，一边编辫子。我跟在她后边，看她灵巧的把辫子编好，又一直跟着她走到学校。

过了不知几天，也许只相隔一天吧，我在操场上的粪堆边捡到一块三角形的塑料片，可能是化肥口袋的残片吧。那时候的女生只有两种发型，一种就是像小梅那样的长辫子，另一种就是三面齐的短发，俗称柯香头，不分年龄大小，都可以梳那样的发型。扎辫子的女生大都是红色或绿色塑料头绳，货郎担上只卖五分钱一根，一根拦腰剪断，可以扎两根辫子。我把这块塑料片放在河水里洗净，用直尺和削笔刀制作成一根头绳。

教室里，小梅就坐在我前排，如果我扒在课桌上写作业，她要是直起腰甩辫子，辫梢常常从我的脑袋上掠过。我喜欢那种痒痒的感觉。

趁着课间同学们都出去疯玩的时候，我拿出了我精心制作的红色塑料头绳，对小梅说，给你啊？

爱要，从粪堆上捡来的。

小梅的口气多么的不屑啊。在那一瞬间，我真是十分的难为情。

那一年是读初一的下学期，就要放暑假了。

二

晒场边上是一条小河。

我和小梅家的地挨在一起，打谷场也挨在一起。

想想那几年，我们两家人经常在一起干活，放水、耙地、插秧、收割、晒场，农忙时，我和小梅可以说天天见面。我们人大心大了，会想好多事了，却不大讲话了。本来她就是个内向的姑娘，我也不太活泼，这样一来，就好比陌生人一样。我妹妹和她倒是什么话都能说得来，大人们之间关系也非常的好，可是，我们像仇人一样，似乎在那两三年里，就没交流过一句话，其实我们单独在一起的机会并不少，比如中午吃过饭，我从家里出门下地，从她家门口走过是必经之路，很多时候，她也正巧出门。很多次这样的巧合，我感觉她就是故意在等我。于是，她在前，我在后，或我在前，她在后，相隔两三米或五六米远的样子，往田里走。在我的印象里，好像永远都是夏天，她戴着一顶宽边大草帽，穿一件白的确良长袖衬衫，蓝色长裤子，黑色方口鞋，有时也穿洗白了的解放鞋。她应该是个大姑娘了，对，一九八二年的时候，我们应该十八九岁了。就这样，两个年轻人，走到自家的水田里，插秧，或收割。收工的时候，她和我妹妹，叽叽喳喳地说话，我和她哥哥也会讨论一下庄稼地里的事。

有一天，我在门口的树下乘凉，听到大人们在灯下密谋，要派我远房的一个二爷,去她家提亲。二爷欣然同意,还非常兴奋地说,小梅多好啊,要是嫁到别的庄,太可惜了。我听了,心里咚咚地跳,觉得真好啊,高兴得很久睡不着。

但是,一连几天,不见动静,就像唱大鼓书说的,此书暂且不表。

不久之后,我隐约听到大人们又嘀咕,说是什么辈份问题,不好意思开口什么的。听口气,还在商量中。

转眼就到了秋天,正是收稻子的时候,经过几天的抢收和脱粒,金黄色的稻子晒满了打谷场,就像铺满了一地的黄金。中午时分,我正在摊晒,听相邻的长辈说,小梅家来亲戚了,是小梅的对象来了。我听了,手里扶着木锨,好久没有动,不是说好要让我们好的吗,连媒人都找好了啊,怎么会这样啊。心里的悲伤很大,跟着就有些怨恨,怨恨大人们说话不算数,也连带着怨恨小梅,怎么就同意了这门亲事呢?那天中午,我蹲在我家仓房门口,黯然神伤,悄悄落泪。隔一天,晒场上的粮食要运回家了,在装好口袋后,我看到小梅去河边洗手,我跟了过去,问她,我们不是说好的吗?我的话显然有些语焉不详,有些似是而非。但是,小梅听懂了,我不知道二爷到底去没去她家提亲,小梅知道不知道有这个话音,小梅显然懂得我现在这句话的意思,她脸红了,看我一眼,然后不说话。我还想继续说点什么时,她父亲喊她去拉车了。

这年的冬天,她出嫁了。小梅的婚车是从我家屋后经过的,我听到二爷又是咂嘴,又是叹息。

三

夏天时,母亲有事去一趟老家,回来时,跟我说,她在公共汽车上看到了小梅。

都几十年下来了,还提她干什么呢,但我心里还是咯噔一下,关心地问母亲,她什么样子啊?母亲说,还和以前在家时一样,穿得干干净净的。我说,还是白衬衫,蓝裤子?母亲又是赞许又是喜悦地说,对对对,一样,一样,一点没变。不知为什么,我心里也是喜悦的。

洁白的手帕

三十多年前我住在乡下老家。

夏天的农村,一交阴历五月,便值黄梅节气,潮热难当,汗流浃背。老百姓乘凉,都在水边树下,摇着蒲扇,也乐得安闲自在。

邻居是个勤劳人家,喜欢在清明前后,觅得几株羊眼豆秧,种在家前屋后,闲空地边,还拿几根木棍,搭个棚子,搓些草绳,横竖扯几道,到了夏天,这些豆秧顺着树枝、草绳攀爬,青枝绿叶,造成一个天然的凉棚,又透气又凉快。周围人家的男男女女,都喜欢在中午或傍晚时,或拿个板凳,或拖张椅子,或铺张凉席,随高就低坐在下边,一边摇着扇子,一边乘着风凉,讲一段薛仁贵征东的故事,或唱一出周法乾杀妻的小戏,嘻嘻哈哈其乐融融。

我中学毕业,在家没事,也会躲在瓜棚下听他们东扯西拉。有时也会心不在焉,耳朵似乎在听,心却在想别的事。想什么呢?想我妹妹的同学,那个叫慧的女孩。

慧经常到我家来。她和我妹妹最要好,是村联中初三的学生。她个子不高,或者说是矮个子,还略略地偏胖。我不知道喜欢她什么,洁白的皮肤和亮亮的眼睛自然是不用说的,关键是,她身上的衣服很得体,蓝色的筒裤,白色的短袖衫,服贴、自然,清清爽爽的。她每次来,都站在我家屋后,喊我妹妹。有几次,我都在邻居家的瓜棚下看到她。她戴着大草帽，把一辆大桥牌轻便自行车扶在手里，喊两到三声，就掏出手帕，在脸上擦汗。我能看到她的手帕是白色的，叠得方方正正。我妹妹会在她擦汗时，从后窗里伸出手，一边招手，一边跟她说，进来，进来。

慧会和我妹妹躲在屋里小半天，嘀嘀咕咕不知说些什么。瓜棚下的人会说，这两个小孩，也不出来凉凉，不就热死了嘛。

我也希望她们能出来乘凉，这样我就能更近地看到慧了。其实，我和慧有过一次很近的相遇，还说过一句话。那是在我家水井边，我在那里洗水萝卜吃，妹妹的房门突然开了，慧端着脸盆刚迈出一步，又退回去，还做了一个羞涩的表情。我听到她小声地对我妹妹说，你二哥。我妹妹接过盆，跑过来打水。慧也跟过来了，她端着盆，妹妹压着水。那天的水井好像故意跟她们作对似的，压不上水来了。我妹妹说，二哥你帮我呀。

我在压水时，慧离我只有半步远，她略略倾斜的身姿十分的优雅，丰盈的脖胫里细绒绒的汗毛清晰可见。我用力压水，分了神，没有很好地控制手上的感觉，让水突然喷了出来，洒到了慧的脸上和肩膀上。慧虽然做了一个躲闪的表情，还是稳稳地端住了盆。我还没来得及说对不起，我妹妹就抱怨地说，我二哥你还小心顶咯哈。我赶忙说对不起。慧笑着说一声，没事哩。我妹妹又替慧把盆端住了。慧站在一边，掏出手帕，在脸上和身上擦拭着。我看到慧抖开的手帕是全白的，只在角上有一朵小蓝花。我见过妹妹的手帕，都带着花花绿绿的图案，像慧这么素雅的手帕我还头一回见过。

有一天中午我从外边回到家里，看到妹妹在洗手帕。其中一块洁白的手帕不像妹妹平时用的，我望一眼她的房门，问，谁来啦？妹妹说，没人啊……噢，这是慧的手帕，她忘记带走了，我帮她洗洗。妹妹好像知道我的心思似的，一边往绳子上晾一边说，人家的手帕你不能拿噢。我说我才不爱要了。又说，那你得给我一个。妹妹说，我才不了，你自己不会买啊。

在中午的大太阳下，手帕一会儿就干了。我妹妹在上学前去收手帕，她在收到慧的手帕时，对我说，二哥，要不慧的这块给你吧，她可能不要了。

于是，我有一块慧的手帕。

慧的手帕装在我的口袋里，心里总有一种异样的感觉，仿佛和慧很切近地相处了。慧的手帕上有一种淡淡的味儿，似乎也不完全是香味，就是那种淡淡的女孩儿味，好闻，亲密，让人心醉神迷。

半个月之后，我妹妹和慧她们毕业了，正是暑假里，大家都在焦急地等待着录取通知。记得在那几天里，我妹妹天天关在屋里不出来，慧偶尔还从她们村骑车过来玩一两次，也和从前一样，嘀嘀咕咕有说不完的话。就是在这段日子里，我和慧有过一次不期而遇。那天我到镇上的水泥制品厂上班，骑一辆长征牌加重自行车，慌慌张张地赶路。半道上，迎面看到了慧也骑着自行车。她显然也看到了我，在我们即将擦身而过时，她突然从车上跳下来。我也急忙刹车，跳下来。这时候，我们已经错过了大半辆自行车。我们一齐往后退两步，站在树阴下。慧的脸红红的，有许多汗水。慧说，上哪里啊？我说，上班去的。慧一手扶车，一手拿出手帕擦汗。慧的手帕还是洁白洁白的，只是角上的小蓝花变成小红花了，也只有一朵。我的口袋里也有一只手帕，那是慧的。我想拿出来还给她，但是我没好意思，主要是，手帕被我弄脏了，我在挤脸上的粉刺时，沾染了一点血迹。慧又问我妹妹，我告诉她妹妹一直在家里。慧嗫嚅着，才说，你对她说一声，我没考上高中……她也没考上。我看到慧的脸更红了。我噢一声，心想，我们早就预料到了。慧说，我走了。慧在推车走了两步之后，又转头说，我到房山去念书了，还是初三。我噢一声，兴奋地说，房山中学就在我们厂前边。慧听了我的话，惊讶地说，真的呀。然后就快乐地笑了。我说，我能听到你们学校的打铃声。慧点点头，跟我挥一下手。我看到，她手中的手帕在风中像一只欲飞的白鸽。

水泥制品厂

夏天的水泥制品厂就是一个大火炉。热浪把水泥场地都烫焦了,如果谁往白花花的水泥场地上吐一口唾液,立即就会冒起一股烟尘。

对,我就在水泥制品厂上班。我的工作就是把由水泥、黄沙和石子等混合在一起的原料,搅拌成合格的混凝土浆,然后,由另一班人打成一块块楼板或一根根桁条。

这个工作很累,也很苦,夏天才过一半,身上已经脱了好几层皮,脸也跟黑驴屎蛋一样黑了,但是,有一种快乐,是别人不能体验的,那就是,每天都能看到慧。

慧是我妹妹的同学,她在水泥制品厂一墙之隔的中学里读书。慧的叔叔是石英沙厂的会计。石英沙厂和我们水泥制品厂在一个大院子里。靠近北墙,有一排十几间石墙红瓦的平房,是石英沙厂的职工宿舍和食堂。慧就住在其中的一间里。我们的水泥场地,说起来有些霸道,有一截,就伸在那排平房的前边。如果住在宿舍里的人想抄近路,必须从水泥场地上经过,所以,我每天都能看到慧。这里要顺便交待一下,由于天气异常的热,我们干活是没有时间的,早上天一亮,趁着太阳还没有出来,我们就上班了,到了九点,一个上午的活就干完了,下午也是五点才干活,一直干到天黑才下班,选择这样的班次,无非就是躲开中午酷热的高温。这样一来,慧在上学和放学时,正巧都在我们上班的时间段里。她从我们的场地上经过，自然地就落在我的视线之内了。

慧是漂亮的女孩，虽然稍矮了些，却一点也不影响她的美丽，相反的，还有一种玲珑的乖巧。我喜欢她，从内心里对她产生爱慕，却不敢向她表白，甚至连说话都不敢，这一方面是她还在念书，另一方面，是我心虚胆怯，怕她对我的冒失产生反感。有几次，我在大门口和她不期而遇，远远地看到她时，由不得的心慌意乱起来，担心她会怀疑我故意这样和她邂逅，因此，在擦肩而过时，我的头都抬得高高的，假装视而不见。她也从来没有和我打过招呼。不过她一定也看过我在水泥场地上干活时的狼狈样子了，光着上身，臭汗横流，像经历一场残酷的战斗。

不过我们还是因为一次偶尔的意外事件而接触了。

那天阳光格外的爆力，下午五点我们走向水泥场地时，就像走在滚烫的开水里，感觉有许多火辣辣的东西披在身上。我端着一个特号陶瓷茶缸，茶缸上有一行为人民服务的红色大字和一组知识青年在广阔的农村里战天斗地的劳动场面。这个茶缸每天都装满开水，跟随我来到场地上，在我口渴冒烟时我会端起它咕咕喝几口。

茶缸就放在拉紧的钢筋旁边，离我搅拌的混泥土大约有两步之远。

慧放学了。她每天都是在这个时候放学回来——说起来真是奇怪，我能听到学校放学的铃声，那种悠长而缓慢的铃声。不久之后，慧就出现在大门口。多半时候，她都是急急地走来，在路过我们水泥场地时，她就要小心多了，因为场地上有新打的水泥板或桁条，她要从这些水泥制品上跳过来。今天，她在跳过那排新拉的钢筋时，脚被绊了一下，我的那杯水就被弹回来的钢筋抽翻了，当当当，陶瓷茶缸也滚在水泥场地上。慧被惊住了，我看到她站在阳光里，脸色通红，手足无措的样子，嘴唇似乎动一动，但什么也没说。我也惊慌了，语无伦次地说，对，对不起……没烫着吧（因为那是滚烫的开水）？她很不好意思地笑一下，说，我给你倒一杯。

慧跑进宿舍，拿出了竹壳暖水瓶，可她在给我的茶缸冲水时，又发生了尴尬的一幕，她的水瓶里没有倒出一滴水来。慧这次更加的不好意思了，她小声地说声对不起，又抱歉地笑了，露出了洁白整齐的牙齿。慧说，我忘了……早上就没有水了……我到厨房去打啊。慧拎着水瓶急急地往平房另一端的食堂里走，可食堂的门锁上了。慧几乎是垂头丧气地走过来，说，今天是星期天……

慧站在我对面，中间只隔着一排贴地的钢筋，两手把壶抱在胸前，纤细而优美的胳膊在阳光下熠熠生辉。她羞涩地望着我，似乎在等待我的批评。她脸上已经流满汗水了，头发贴在了白皙的面颊上，脸上的表情和眼神都是抱歉的。

没事，今天不渴。我说，你回屋里啊，太热了。

慧"嗯"地轻应一声，说，我知道，你都是到供销社的开水房打水的……慧没有再说下去，她可能知道那是我仅有的一杯开水了，而且正是上班时间，我也没有机会再去打水了。她像邻家小妹受到委屈一样，不情愿地回宿舍去了。她的不情愿，似乎缘于我没有批评她，是我的过错似的。

过了一会儿，慧又走了，手里多了几本书。按照我对她行踪的了解或推测，她现在是去晚自修的。

在天将黑未黑的时候，我们的活干完了，我把东西收拾在手推车上推回仓库之后，拎着铁桶在水龙头上接水准备洗澡。在哗哗地流水声中，我看到水泥场地上闪烁着淡淡的落日余辉，屋顶上方的天空已经布满金色的烟霞。暮色渐渐四合，那渐渐消褪、渐渐黯淡的颜色看上去更美丽了。隐约的，我看到那排平房的前边走过来一个人……我心里突然地激动了，那不是慧吗？她正往我这边走来。

暗紫色的暮霭从地面上冉冉升起，空气纯净，宁静安谧。慧的脚步轻快而有节奏，她在离我好远就大声说，我给你送水来了。

我看到她手里端着一只稀见的保温杯，笑吟吟的，离我几步远就站住了。暮色此时更加的温情而柔和……

虫　沙

紧靠墙壁，是一棵山楂树，植株矮小，枝叶也不茂盛，干干巴巴的，一眼望过去，一副病模样。在它背后，是一棵葱葱旺旺的大柿树，叶子油亮、肥厚，大而浓绿。两相对照，小山楂树像是受到了不公正的待遇。其实，这棵从山上移下来的野山楂，祖母对它很好，培土、剪枝、施肥、浇水，还常常柱着棍，站在它身边，跟它说话，用语言温暖它，用眼神爱抚它。我曾在一天傍晚时分，听到祖母自言自语地说，这么小，什么时候才能结果啊。小山楂树听了，叶子搭拉着，有些羞愧，好像作为一棵树，这样的表现，真对不起祖母似的。那天的夕阳格外的红，溶溶的暗紫色洒满了院落，大柿树、小山楂和祖母，在夕阳中十分祥和，也分外静美。

来年春天，小山楂树的精神面貌丝毫没有好转，叶芽也比它身边的树迟发了好几天，祖母给它喷些清水，又用草灰喂了根，培了新土，费了不少心思。过了些天，依然如故。祖母久久看着它，叹口气。

但是，山楂树还是开花了。而且一开就势不可挡，开了满树，那些干巴枯瘦的叶子被映衬的越发的寒碜，越发的没有神采了。祖母看到开花满树的小山楂，又担心起来，这么多啊，去年还一朵没开，今年就像落了一场雪，能结果吗？不久之后，山楂树不但结果了，还像花儿一样结那么多，一个一个绿绿的小球球，紧紧挨在一起，真是喜人啊。

祖母乐了。

但是，八十四岁的祖母却在没有任何征兆的情况下摔了一跤，然后便一病不起。也许祖母太老了，也许那一跤太重了，祖母开始卧床。那时候，山楂树的果实挂满枝头，一个一个有模有样。

祖母躺在床上，她已经吃不动任何食物了，几天滴米未进滴水没喝。但是，她还是对我们说，今年能吃上山楂了，给我留一些，等我病好了也尝一颗。祖母喘口气，又说，待到明年，还可以做些虫沙，结果的山楂树，叶子可以做虫沙，留着，有用处。

我们都不知道虫沙是什么，但祖母的话，大家都答应着了。

祖母终究没有熬过一九八五年的麦收，老人家在提刀收麦的前两天，安静地走完了人生旅程。

这年的山楂树出奇的丰收，树枝都被累弯了，摘下来的果实居然有一笆斗。我们突然想起虫沙的事，那是祖母嘱咐的。

来年春天又到了，母亲看着鼓芽的山楂树说，别忘了，今年要做一回虫沙。

虫沙我们都不知道怎么做，但母亲知道，她是听祖母说的。

今年春天的山楂树叶，比去年好多了，嫩绿的一片，母亲采摘一大竹篮山楂树的嫩叶，洗净，置于阳光下晒干。把这些晒干的山楂叶放进一只灰色的瓦罐中，母亲说，要不了多久，瓦罐里面就会生出很多小小的虫子。

后来，我们知道，这些针尖一样大的小虫子，住在瓦罐中，不见阳光，不见天日，吃着野山楂叶，过着舒适的日子，它的排泄物，呈细颗粒状，像沙子，这就是虫沙了。虫沙虽是虫屎，在老辈人的心目中，可是一宝啊，有着奇妙的药用价值。如果遇到胃疼胀满或者是消化不良，只需要取少量的虫沙煮上一碗水喝下，立马病除。另外，常喝虫沙茶，还有和胃健脾、导滞消积的功效。

直到这时候，我们才从母亲那里知道，祖父就是死于急性胃痛，诊治的老中医说，要是有一碗虫沙茶吃，兴许就好了。但是，那时候没有虫沙茶，也不知道虫沙是什么。

小 摆

屄了一篾篓麦娘鱼和小草虾的小摆正往家里跑。

秋风从大片大片的稻田刮过,空气里飘荡着迷人的稻花香,风也吹起了小摆的衣衫和头发。小摆没穿鞋子,脚丫子里挤满了黑色的淤泥和牛粪。小摆奔跑的姿势十分好看,可以用优雅来形容——鱼篓背在身上丝纹不动,而长长的胳膊挥舞起来,像一只展翅飞翔的鹏鸟。

绑在村头老榆树上的大喇叭突然唱起了歌:"葵花朵朵向太阳,向太阳,养猪姑娘心向党。咱为革命来养猪,来养猪,干一行就爱一行……"

急于往村里跑的小摆,突然站在了田硬上,两眼深情地凝望着远处的高音喇叭,嘴唇渐渐动了起来——她是跟着节奏在哼唱,然后,抬起两只胳膊,随着高亢的旋律打起了节拍。小摆的两只胳膊垂下来像两根火烧棍,一旦打起节拍,就柔软如风中的垂柳,妩媚动人。小摆的面前是一望无际的稻田,沉沉的金色稻穗在小摆的节拍指挥下如波涛一样连绵起伏。

那天的情景,很多人都看到了,小摆指挥着老榆树上的大喇叭,合唱的队伍就是千丛浪一样的稻谷。人们或驻足观望,或随着小摆的节拍跟着大喇叭小声哼唱。

渔烂沟村对于合唱指挥者有一个奇怪的称呼,打摆子。听起来,就像一种病。其实,这是根据象形来界定的一种动作,两只手不停地在胸前交叉摆动,不是打摆子又是什么呢?小摆的外号,也是因为他喜欢打摆子,才逐渐叫起来的。

月兰那天没有看到小摆在打摆子,她在大队部看知青们排演节目了。

知青们排演的节目是表演唱《四个大嫂选良种》,四个美丽的大嫂穿着松紧口布鞋和黄军裤,系着蓝布小围裙,戴着宽沿大草帽,每人怀里是一只竹匾子,在大队部门前小广场上选良种,她们边舞边唱,吸引了很多人来观看。这个节目排演结束后,鱼烂沟大队学习小兴庄毛泽东思想文艺宣传队的演员们在短暂休息的时候,四个大嫂之一的刘队长又在大队的电唱机里放起了《养猪姑娘心向党》的歌曲。这是一首好听的歌,不仅知青们会唱,就连鱼烂沟大队的普通社员,也是人人会唱。

月兰在歌声里寻找小摆的身影。通常这时候,小摆都在的,他会随着节奏挥起手臂,学着宣传队刘队长的样子打起摆子。刘队长经常手把手纠正小摆的姿势,还让小摆观摩她指挥男女小合唱时的动作。刘队长丰满,高大,浓眉大眼,眼睛像李铁梅一样炯炯有神。她指挥的动作也强劲有力,呼呼生风,挺拔的胸脯随着手臂的节奏而颤动,小摆喜欢看刘队长打摆子,他更是迷恋刘队长神秘的胸脯。有一次,刘队长在面对面纠正小摆打摆子的动作的时候,饱满的乳房蹭在小摆的肩膀上,小摆像触电一样浑身颤动,慌张地躲开了,但只是片刻之后,小摆又情不自禁地贴近上去,依偎在她柔软的怀里,而刘队长不知是故意而为,还是浑然不觉,胸脯不停地在小摆的身上蹭来蹭去。

小摆和刘队长亲密的身体接触,让月兰看到了。月兰是个十五六岁的姑娘了,她心里正在想着好多事。她想得最多的,就是不允许小摆再学习打摆子了。学什么打摆子啊,有什么用啊,不能吃饭也不能苦钱,还和刘队长靠得这么近。

奇怪的是,月兰今天没有看到小摆子,要是看到了,她会当场把小摆子拉走的。

小摆一直没来,月兰再呆下去也没有多大意思了。她从大队部跑出来,往村上走去。月兰心里戚戚的,仿佛丢了什么。黄昏就要来临了,她走得很急,宽大的衣袖里露出一双凝脂般白皙细腻的手臂,一摆一摆很有节奏，仿佛是另一种打摆子的姿势。月兰的头发稀黄，绾起了马尾巴，在她脖颈里，被汗湿的头发散乱地贴在皮肤上。

月兰走到一步桥时，迎面撞上了小摆。月兰的心里一下子踏实下来，她站在桥中间，对小摆说，小摆你跑什么呢，小合唱已经结束了，宣传队都散了，天就要黑了，你跑哪去啦？我在大队部等你大半天都不见你鬼影！你还跑！

月兰瘦弱的身体试图挡住小摆。

小摆绕着月兰要跑过去，被月兰一肩膀撞个趔趄。

好狗不拦路！

骂谁呢？我撕烂你的嘴！月兰说，你再说一遍？

我要去大队部。

算了吧，你以为刘队长会让你干宣传队？你能干什么，唱歌？说三句半？你家祖坟上没长那棵蒿子吧？你以为你跟刘队长学打摆子，人家就收你啊？再说了，刘队长收你，丁支书还不一定收你呢，你也不撒泡尿照照自己！

别看月兰小模小样的，长相也不起眼，说起刻毒的话来可是一套是一套。但是她的话并没有打消小摆的念头，他伸长脖子，踮起脚尖朝大队部方向望去。

死了那颗心吧，省点力气舀小鱼去，让你奶奶炕几斤小鱼干，秋后上街卖了，买双解放鞋穿，别到冬天也赤溜个脚，疼得裂喇个血口子。

我不要你管。

谁要管你？瞎，我爱管你。你去吧，知青都回点里了，看你跟谁学去？你不是要找刘队长么？刘队长也喂猪去了。月兰说完，瞪他一眼，甩着手走了。

小摆站在原地，望着大队部方向，那里已经一片模糊了，树和天已经分不出层次来了。是啊，这时候，暗紫色的晚霞已经掩盖了四野，知青们都回知青点吃晚饭了，没有人再在大队部排节目了。

小摆闷闷不乐地往村里走。小摆抬起目光，暮色苍茫中已经不见月兰的身影,村路上只有小摆的脚步声。小摆的一双赤脚拖踏在地上,发出一种奇怪的声音,像咬嚼东西时的叭嗒嘴。小摆没有赶上看知青们排节目一点也不怨别人,要怨就怨自己,是他自己看中了一截河汪里打着浑浊的鱼花,才去戽鱼的。小摆喜欢唱歌,喜欢打摆子,也喜欢戽鱼。小摆每年秋天都要戽许多小鱼小虾,炕成小鱼干,让祖母拿到集市上卖了,买一双鞋子,还可以买一顶三块耳棉帽,这可是他过冬的本钱啊。但是小摆因为戽鱼,因为把戽到的鱼送回家,而错过了一个大好的观摩学习的时机,让他非常的不快。小摆觉得这时候往大队部跑确实不是时候了,要跑,也应该往知青点跑。知青点在后湖的边上,临着一大片浅浅的湖泊。这里原先是生产队的砖瓦厂,因为实在没有泥土可挖了,只好停止烧砖,许多厂房就闲置了下来。前几年来了知青以后,这儿就成了知青点。刘知青当然也住在这个点里了。

月兰家住在小摆家后边,隔着一块菜园。小摆本想直接去后湖的知青点的,但他还没有吃饭,总不能饿着肚子去学打摆啊,他就灵机一动,去偷月兰家的萝卜吃。月兰家的菜园里种好几垄大青萝卜,一个都有好几斤,小摆隔着笆帐,伸手从菜地里拔了一个大青萝卜,放在身上蹭蹭,送到嘴边,咔嚓一口,大青萝卜又甜又脆啊。小罢吃着萝卜,在黑夜里嗑嗑绊绊地往知青点走去。

小摆走到一步桥时,看到前边有个人打着手电迎着他走来了。小摆不知道对方是谁,就闪到一边了。但是来人的手电一绕,就照到小摆了。

这不是小摆吗?干啥啊天都黑啦?

让小摆惊喜的是,来者正是刘队长。小摆兴奋异常,他大声说,我找你学打摆子。

今晚不练歌了,许支援的手风琴也坏了。刘队长说着,从小摆身边走过。

小摆真失望啊。有好几个晚上,知青点在偷偷唱反革命歌曲《南京知青之歌》时,都是刘队长打着摆子的,小摆也坐在他们中间,他一边看着刘队长挥舞的长长的手臂,一边偷偷地学唱,偷偷地模仿着她打摆子动作。可今晚不唱歌了。

刘队长突然停下脚步。她停下脚步就把手电的白光打在小摆的手上，小摆的手上是一只吃了几口的大青萝卜。

你吃萝卜？

是。

能给我吗？我来了个同学，带黑才到的，点里没有菜了，你把萝卜给我去烧个菜给我同学吃。

小摆一听，真后悔他刚才吃了几口了，要是一根完整的大萝卜多好啊。小摆立即把萝卜送给她，说，刘队长，给你萝卜……真是的……叫我咬几口了，刘队长这样吧，你再稍等一会儿，我去家里的菜园上拔几个大萝卜给你送来。

不用了，这半个够了，足有二三斤吧，我拿它炒一碗粉丝。

小摆觉得自己是做一件大好事，觉得刘队长跟他要萝卜是另眼相看啊。但是半个萝卜总有些拿不出手，便说，真的刘队长，这半个萝卜叫我咬过了，我回家拿几个给你啊。

拿几个也行。刘队长说，我在点上等你啊。

小摆的话，让尾随而来的月兰听到了。

小摆摸着黑，兴高采烈地往村上跑时，月兰更是在他前边跑到了菜地。

小摆家根本没有菜地。他跑到月兰家的菜地了。他要拔月兰家的萝卜送给刘队长。

但是，就在小摆从笆帐里伸进去手，准备拔萝卜时，手腕被重重地打了一下。

我让你偷！

说话的是月兰。月兰哼一声，知道你要去讨好刘队长，知道你要让刘队长半夜教你打摆，哼，我把你手给打断了，看你还去学！

让月兰万万没有想到的是，她只是拿着一根树棍轻轻一敲，小摆的手腕真的就咯嘣一声断了。月兰听到小摆低沉地叫一声，接着就是一声一声吸气的声音了。

小摆，小摆……你怎么啦？小摆，你别吓我啊。

我……啊，你别动，好疼啊，我手脖子断了。

月兰被吓哭了。她哭着说，小摆，小摆，都是我的错，小摆，你别装啊小摆，我送你去找刘队长，我送你去学打摆，小摆……呜呜呜……小摆啊，我可不是故意要害你啊……

后来，小摆的右手腕上打着石膏，把胳膊吊在胸前，站在大队部门前广场上，神往地看着毛泽东思想革命文艺宣传队演出时打着击拍的刘队长。小摆的眼里是一种崇敬的神情，他一边小声地哼唱，一边挥起左胳膊，跟着刘队长的手势在空中摆动着。小摆的身后就站着月兰，她白一眼小摆，嘟哝着说，丑死了，哪里好看啊。

刁老师

刁老师是刘庄学校低年级的语文老师，五十多岁的样子，有一张温和的脸，脸上的笑容是经年累月的，说话也慢声细语，把每一个字咬得很清楚，连标点符号都能听得出来，句号，逗号，甚至顿号和惊叹号都分毫不差。做到这一步很不易哩——刘庄的男人女人都这样说，都夸刁老师说话好听。

刘好好不觉得刁老师有多么好。刘好好念一年级，在班上个头最高。刘好好其实不算是调皮的孩子，学习也不像个头那样在班里拔尖。他平时很少说话，也不喜欢活动。

课间的时候，刁老师在操场上和同学们跳绳。操场在教室的前面，刁老师和几个一年级的学习挤在阳光里，刁老师把绳子跳得呼呼生风。孩子们认真地给刁老师记数，数过九十九，孩子们会齐声说，一百！声音特别响亮。刁老师就收住了绳。刁老师喘着粗气，说，老了，跳不动了。说完，刁老师就慢慢走了，脸上依然挂着温和的笑容。

在刁老师跳绳子的时候，另一口教室的南墙上，倚着更多晒太阳的孩子，他们把两只手藏在袖子里，看刁老师跳绳，嘴里也记着数，也提高声音说，一百！

刘好好就在这些孩子中间。

星期天，刘好好跟母亲到加工房去抬米，看到站在自家门口的刁老师，母亲的脚步犹豫一下，说，刁老师。

刁老师点点头。

母亲说，好好，咋不叫老师。

刘好好说，刁老师。

刁老师也点点头。

刁老师住在刘庄，住十多年了，一直是一个人住。

放寒假前夕，学校里开会，先是贫协主任给同学们忆苦思甜，他声泪俱下地控诉地主老财是如何残酷剥削他，如何拿鞭子抽他。他的控诉感染了同学们，大家眼里含满了泪水。有高年级的学生就领着大家喊口号，牢记阶级苦，不忘血泪仇。

忆苦思甜结束后，就批判师道尊严，把刁老师请到前面，站在课桌子上接受批斗。高年级的学生给刁老师挂一块黑牌，黑牌上不是写刁老师的名字，而是写着刁老师，仿佛刁老师的姓名就叫刁老师，然后在名字上撩草地打一个红叉。

同学们争先恐后地发言，揭露刁老师是如何摧残学生的。

奇怪的是，在同学们批斗声中，他还是那样的笑。

一个三年级的女生，站在前排，她忍不住地说，刁老师，你为什么还笑？

一个初二的学生大声说，他是笑里藏刀！

于是，有人喊口号，打倒刁老师！

又有人喊口号，学制要缩短，教育要革命！

刁老师没有被打倒，脖子里被苦大仇深的学生们塞进不少小石块、小瓦片、小树枝。刘好好也捡一块瓦片塞在刁老师的脖子里。刁老师的领口里被塞满乱七八糟的东西。刁老师抿着唇，眼睛低敛着。可是，刘好好觉得，刁老师真的在笑，和平常的笑差不多。刘好好心里忽上忽下的，他后悔朝刁老师的脖子里塞石子了。

十年又十年，刁老师早就退休了。刘好好高中毕业，到刘庄学校教书，也早就由民办教师转成公办教师了。

刁老师家还在那儿，瓦房变成了小楼，是南方常见的那种小楼，粉墙，黛瓦。楼下是阅览室，由刁老师出钱办起来的。

刘好好上课，要经过刁老师家门口，下课也要经过刁老师家门口，少不了常见到他。刘好好老远就打招呼，刁老师。

刁老师点点头，也说，刘老师。

刘好好心里和几十年前一样，还是那样忽上忽上的。刘好好脸上有一种经久不息的温和的微笑。刘好好总觉得，自己的微笑是装出来的。装出来的微笑是虚的，假的，没有刁老师的微笑结实，没有刁老师的微笑有穿透力。

刁老师在刘庄活了七十七岁。七十七岁不算长寿，这年头，七十七岁怎么能算寿限呢，还有十多年好日子哩。刘庄的人都这样说。刘庄的人又说，刁老师满足了，他走的时候，是笑着的哩，就跟平时一样。

刘好好自然也听到刘庄人的话，刘好好听后，鼻子一酸，眼泪差点涌出眼眶。刘好好在心里说，刁老师。

蝴蝶和蜜蜂

刘小峰在学校后边的山坡上养十几箱蜂。女生们都亲切地叫刘小峰小蜜蜂。

山下的学校是一所师范学校,美术系的许多师生都在他的小石屋和蜂箱周围写过生画过画。

刘小峰认识那个叫胡迪的女生。认识胡迪,缘于女生们的一次起哄。那还是去年的晚春,连续几天的连阴雨,下得刘小峰心里发毛。要是再下下去,他就要去买糖来喂蜂了。还好,雨一停,阳光就灿烂。阳光一灿烂,山下学校里的男生女生就涌上山来了。刘小峰好像期待已久似地,心里和阳光一样,也跟着灿烂起来。

刘小峰从前是山里的孩子。现在,他还是山里的孩子。其实,说孩子,已经有些不太恰当了,因为他已经三十岁了。他不再像孩子那样玩闹了。他比孩子要细心多了。他在阳光灿烂的时候,烧了一锅开水。他知道师范里的那些孩子,画一会,闹一会,就来跟他要水喝。

胡迪,就是来跟他要水喝时认识的。

胡迪和一群女生从他的石头屋前经过。胡迪拿着一只带卡通图案的杯子来要水。女生们就开始起哄了。一个戴着眼镜的小个子女生,故作严肃地说,胡迪,你和蜜蜂是什么关系?

胡迪大声说,我们和平共处。

哈哈，那承认你是蝴蝶啦。

其实，这并没有什么好笑的。胡迪不过和蝴蝶是谐音罢了，由于蝴蝶有一次无意中说了句小蜜蜂的好话，让女生们抓住"把柄"，"责问"她是不是喜欢上小蜜蜂啦。女生们天生爱喜闹，今天一过来，就觉得这是一个快乐的话题了。

刘小峰看着她们向山上爬来的身影，知道那个瘦高的长发女生叫胡迪了。他看过她画的速写，就在离他蜂箱不远的地方，她支着画夹，半蹲半跪着，神情专注——她是画对面那片洋槐树林的。刘小峰借着整理蜂箱，悄悄挨过来了，他看到她画的洋槐还开着一嘟噜一嘟噜花，就噗哧笑了。

胡迪头都没回地说，笑什么？你看你这人，痴笑啊！

不是……洋槐花早射了，都有十多天了吧？你家的洋槐花怎么才开啊？

就才开，你管得着嘛。

离她不远处的几个女生嘎嘎或切切地笑起来。

呸，呸呸呸！就知道拾二笑。胡迪说。

一个穿格子裙的女生大声说，洋槐花天天开好啊，蜜蜂就可以天天采蜜了。

这一语双关的话，刘小峰也是听得出来的，他没敢接话，赶快到另一边忙去了。

几个女生又偷偷笑起来，笑声就像她们身边滚滚下山的溪水，欢欢快快的。刘小峰也因为她们的到来而身心舒畅。

漫山遍野都是一片喜人的绿，绿树、绿草、绿水、绿山，在那些绿中，红黄蓝紫各色小花竞相开放。在如此缤纷的色彩中，蝴蝶也漫山飞舞。

刘小峰看着漫天蝴蝶舞翩迁，心里涌起一丝忧愁。他对突然冒出的这么多蝴蝶有些措手不及。蝴蝶虽然没有他的蜜蜂多，但和蜜蜂争着采蜜，还是有些影响的，没看见蜜蜂已经越飞越远了吗。

他讨厌这些蝴蝶。这些蝴蝶都不是他想见到的。他想见到的蝴蝶，是师范学校里的胡迪,她已经一星期没有来了。刘小峰望着山下的校园,那里还和往日一样,该平静的时候平静,该喧哗的时候喧哗。但是,那个喜欢穿牛仔裤的女生真的好久没有来了,奇怪的是,别的女生也没有来,她们是临近考试了吗?对了,他和她们和平相处好几年了,三年还是四年?他也想不起来了,说不定今年毕业也是有可能的啊。刘小峰心里不免怅怅起来,还有一点点悲伤。

又过几天,刘小峰正在蜂房里刮蜜,胡迪来了。刘小峰抬头一看,心里的惊喜和感动,让他一时语塞,几秒种之后,才说,还以为你毕业了呢?

是啊,还有几天就要离校了,前一阵准备毕业论文,也没时间画画了。

那是……他说。

那么……她也语无论次了,你就没有想我……们?

这个……他不知道怎么回答了。

她一笑,说,当然,还会有另一茬女生来的……听说学校美术系又恢复招生了。你这地方好,面阳,有溪水,还有这些蜂,还有你……烧的开水,和开水里的蜜。

没有啊,刘小峰不好意思了,我还没给你们喝过蜂蜜水呢,今天我请你……

今天不喝水了,今天……她一甩长发,黄色的连衣裙也跟着抖动一下,调皮地说,我是来请教你一个大事的……不不不,不是请教,是请你帮个忙的……这样啊,我呢,就要毕业了,可我想在你这儿再画几天,搞些创作……可以吗?

当然可以啊……欢迎……

但是,她望一眼他的小石屋,我要住进你的小石屋,你在外边搭一间帐篷住……可以吗?要不我住帐篷。

好啊好啊……还是我住帐篷好啊……他搓着手,不知是否现在就请她进屋坐坐,或者请她喝一杯他亲手泡的蜂蜜茶,那一定很甜。

黄花菜

我家门前有一口池塘，池塘边有石砌的码头嘴，在码头嘴两边，成片的黄花菜绿油油十分动人。

从春天到夏天，黄花菜都是一丛丛的，它的叶片狭长而肥大，早早就抽薹开花了。黄花菜的每株腋丫里，只抽一根薹，却开数朵花。要说，花也不难看，黄色的，或黄绿色，花瓣分得较开，有六瓣，花丝细长，色泽大气，可称静美。但是花期很短，也许这就是黄花菜成不了观赏花卉的原因吧。不过，它的花，一直都是食用素菜中的上品，和香菇、木耳、冬笋并且四大素山珍，古籍载："夏时采花，洗净用汤焯，拌料可食。""采来洗净，滚烫焯起，速入水漂一时，然后取起榨干，其色青翠不变如生，且又脆嫩不烂。"

黄花菜又叫萱草、忘忧草，是一种多年生宿根植物，《延寿书》里说："嫩苗为蔬，食之动风，令人晕然如醉，故名忘忧。"此说法虽有些夸张，也说明了它的性味确是非同一般的，难怪白居易发出了"杜康能解闷，萱草能忘忧"的感叹了。而朱熹更是写下了"西窗萱草丝，昔日何人种。移向北堂前，诸生时绕弄。"的传世佳作。这里所说的"北堂"，是母亲的尊称。众所周知，古时称母亲为高堂。而北堂单从房屋结构上讲，是居家的北端，这里大多是妇女们活动的场所。北堂因日照不易，非赏适合萱草的生长，所以北堂又称萱堂。"萱"是我国古代一种家庭伦理的代称，意谓慈母，就好比"椿"寓意为严父一样。所以，朱熹才有"移向北堂前，诸生时绕弄"的佳句。而唐人孟郊的一首《游子》，也以萱草为意，写出了一首怀念母亲的五绝："萱草生堂阶，游子行天涯。慈母依堂门，不见萱草花。"

在我很小的时候，我家池塘码头嘴两边的黄花菜是没有人采收的，任其开，任其败。开了，会有爱美的小女孩揪几朵玩玩，插在头上，或插在花瓶里，放在梳妆台上，香味浓得很。有时候，我们也去揪，自然是没有什么用的，只是看着它好看，揪到手里，不消多久，随手就甩到池塘喂鸭子了。

某年，某天，一个新嫁娘，穿着绿棉袄，扎着一方黄头巾，站在我家码头嘴上，肩膀上还挑着两只木水桶。她没有立即去挑水，而是看着水上漂着的黄花菜。

我祖母正在码头嘴上洗衣，她对新嫁娘说，不碍事，去揪吧。

没有用吗？新嫁娘说。

没有用，你要揪多少都行。我祖母鼓励她，知道新嫁娘是爱美的。

可是，它能做菜吃啊。新嫁娘的眼神里，透出些许的可惜和不理解。

你要喜欢做菜也好啊，祖母说，多揪些吧。

新嫁娘放下水桶，小心地踩着石码头，把黄花菜一朵朵揪在手里。那些只是花蕾的黄花菜，似乎更让她喜欢。她揪了很多，两只手掐了数十枝，放在水桶里，挑回家了。

她采这些黄花菜干什么呢？

有人看到，她把这些黄花菜放在温水里滚过一遍，放在芦帘上，在阴凉通风处摊晾，再在太阳下晒一天，那些花和花蕾，就色泽发暗了，她把它搓揉、压紧后，重新摊开来，又晒一个太阳，就成为菜干了。她把它仔细地收在竹匾里。有人问她，能吃吗？她说，开水泡一下，烧肉，才香了。她又说，黄花菜是一味药，可以补血的。说完，不知为什么，脸红了一下。

在我们村上，有人吃过黄花菜的菜干烧肉吗？有人知道黄花菜是中药吗？我不知道。我知道的是，到了第二年夏末，这个对生活充满热望的新嫁娘，不知因为什么事想不开，跳进池塘里自尽了，留下一个才五个月大的女儿。那时候，黄花菜花期已过，但，岸上翠绿的黄花菜一丛丛蓬蓬勃勃的，更为艳丽。这个新嫁娘姓黄，叫什么，不记得了。那个只有五个月大的女孩，被她小姑姑抱着，走在吊丧的人群中，咧着嘴直笑。

　　后来，在我们村，人们说到黄花菜，已经有所特指了——就是从码头嘴上跳进水里淹死的新嫁娘。"阶前忘忧草，乃作金贵花"，说的就是她吧。

　　我去年回老家，池塘边的石码头已经被拆除，那些条石不知被运到何方。但，岸上的黄花菜还在，已经汇遍整个池塘周边了，只是疏于管理，长势过于葱旺，绿油油的一大片，看起来煞是喜人。让我奇怪的是，已经是八月末了，还盛开着金黄色的花朵，这有反常规啊，是不是时间久了，物种会产生异化？这时候，绿棉袄、黄头巾的景象映现在我眼前，我突然想起那个叫黄花菜的新嫁娘。也许，年年岁岁，那些鲜艳的黄花，都是为她而开放的吧，因为她跳河的时候，正是夏末。

　　果真这样，黄花菜的灵性也着实让人感动啊。

　　但是，那个五个月大的女儿，如今在哪呢？有时候我还会想起那个小女孩的笑。

会　计

　　在二三十年前的乡下，人们总是通过外表来判断一个人的社会地位，如果他身穿挺刮刮的中山装，口袋里插一支金星牌钢笔，基本上就是公家人了；如果中山装是毛料子的，脚上还有一双三节头皮鞋，那就是干部了；如果身穿军便装，外加一双白色回力牌球鞋，毫无疑问，他是个时髦青年；谁要身穿喇叭裤、花衬衫，再戴一顶鸭舌帽或一副墨镜，那就是小流氓了。可是，有时候，穿戴也不能说明问题，比如一个人只要讲起话来神气十足，盛气凌人，那就可以断定是一位有身份的人，至少也是大队干部。

　　但是，在我们那个乡村集镇上，有身份的人毕竟很少，公家人倒是比比皆是，供销社的，食品站的，粮管所的，医院的，包括农具厂、砖瓦厂、木业社这些单位，是公家人聚集的地方，这些人走在尘土飞扬的街道上，会被眼睛雪亮的群众轻易辨认出来。他们对这些公家人，有一个特别的、尊敬的称呼，会计。至今我也没弄明白，会计是一个专业术语，为什么会这么统一地安在这些人的身上，而且称呼的人都用一种崇敬的口气，被称乎的人也神采飞扬。现在想来，再也没有比这个词更适合对这一干人的概括了。会计，就相当于有身份的人，至少也是公家人。

　　我那时候在一家水泥制品厂工作，一天打二十几个水泥管，型号大中小不等，全靠人工，支铁制的模型壳子，挑水，搅拌石子水泥，灌装，一样一样干下来，很累。下班后喜欢结伴到镇子上花两毛钱看一场露天电影，或到国营理发店看下棋，更多的时候是人模狗样地在街上走一圈，这里看看那里瞧瞧。

和我搭班干活的是一个沭阳人，姓章，比我大差不多有十岁吧，快三十了，已经结婚成家，厂里人都叫他大小章。大小章喜欢在下班后，到镇上一户姓王的人家看纸牌赌钱。大小章偶尔会带我去玩，赢钱输钱都请我吃一碗漂着猪大油的杂烩汤。我没有别的爱好，也乐得跟他去相眼，开始连牌头都不认识，几回相下来，也能认个八九不离十了，对纸牌的基本套路和算计方法也有七八成的了解。知道一些规则和套路，相眼就有了些意思，并且随着他的情绪变化而变化，比如看牌人急，我也跟着急，看牌人乐，我也跟着乐，有时候，还会激动地说一两句，不得要领地点评一番。

有一天，王家经营牌局的老太太对我热情地说，你也会看？

大小章听了，看我一眼，又看王老太一眼，一笑，说，他不会，他小青年。

但是，这之后，我心里也开始蠢蠢欲动，想着我要是也会看纸牌，就是牌场上最年轻的赌手了。又一想，赌钱终究不是好事，让人家说，这么年轻就赌了，也不好听，传出去，说不定会影响找对象。

事实上，我不敢赌的真实原因，还真的与一位姑娘有关。她就是王老太的外孙女。

王老太的外孙女姓杨，我听过王老太叫过她的小名，小三，可能是她在家排行老三吧。她在镇上的中学读书，个子不高，偏胖，皮肤白皙，细腻，泛着淡淡的红晕。她的鼻梁高而秀气，嘴唇薄而红润，最好看是那双眼睛，透着忧郁和哀怨。我坐在门空里，会看到她放学回来时的样子，她匆匆地走过，昂着头，谁都没有看见似的，一任饱满而神秘的胸脯欢快地跳动。我总是看一眼之后，又迅速地躲开目光，然后，再看着她的背影，看着她一直走进东边的一间房子。如果王老太这时候正在厨房做饭，她会刚进屋就走出来，到水缸边的花瓷盆里洗洗手，钻进厨房帮她外婆做饭。一般情况下，她都是坐在锅门口的小板凳上烧火。我坐着的位置，正好能看到她的侧影，灶堂里的火光照在她光滑而洁静的脸上，把她映衬得更加美丽，她就像一幅雍容华贵的浮雕，或者，就像一个流落在人间的公主，让我的心里产生一丝激动和不安。她总是穿着蓝裤子，一件短袖的白衬衫，梳着三面齐的短发，穿一双黑色一面绒方口布鞋，惟一我看到她穿裙子的那天，是一个星期天的上午，大小章早早就来看牌了，我不知因为什么事耽搁了一会儿，等到我赶来时，王老太家的三间堂屋里，已经摆了两桌牌局，还有几个相眼的人。王老太看我站在看牌人的身后，大声说，去，拿个板凳坐。我四下望一眼，包括门口，并没有看到凳子。王老太正在里边安排第三张牌桌，她再次提高嗓门说，东房有，小陈你自己去拿。这样的，我就来到东房。我知道这间房子是王家的客房，住着王老太的外孙女，对，她叫小三，杨家三姑娘。此时，房门半掩着，我本来可以侧身进去的，但我还是轻轻地推一下门。蓦然的，我看王老太的外孙女，穿一条好看的白色的长裙子，正背对着一面镜子梳头。她对我这个不速之客并没有表现出吃惊的样子，只是回头看我一眼。我吓坏了，赶忙说，我我我……我来拿板凳……我还没说完，就像做贼一样，抢过她身边的一张高凳子，跑了。

此后，我就经常想到她了，想到她的白裙子，想到她欢快的步履，想到她的健美，想到她的芬芳，想到她流盼的目光什么时候才能照亮到我的身上——尽管，我还会在王老太家看到她，还会看到她烧火的侧影，但我想到她的时候，比看到她要多多了。

在一个镇上逢集的大晴天里，大小章带我在街上瞎转，在人群里乱挤。其实我知道大小章很快就会去王家看牌了，但我还是心里很急，想着早点去王家相眼——我明知道王家外孙女要到中午才放学，还是觉得，只有到了王家，坐在门空里，才心安，跟着才是期盼。

突然的，我的身上被人拍了一下。

我回头一看，居然是王老太。

王老太说，陈会计，上我家玩啊。

王老太喊我陈会计，这是我意想不到的。如前所述，会计不是谁都可以被称呼的。王老太这样称呼我，说明我在她心目中是个有身份的人了，起码也是公家人了。我紧张的有些不知道所措。不知所措的另一个原因是，她让我上她家玩，这样的邀请，可真让人受宠若惊啊。

她又对大小章说，走啊，看牌去。

就在牌局安顿好、其他人注意力都集中在牌局上的时候，王老太站在她家锅屋的门口，朝我招手。

我估计她要有话说，就走了过去。

王老太把我拉到东房，就是她外孙女住的房间，让我坐在床上。那可是她外孙女的床啊，我坐下后，闻到一股好闻的充满青春气息的芳香。

王老太说，陈会计我问你一件事，你常一个人来我家玩，可能还没有对象吧？

我还年轻，面对王老太这个简单的问题，脸红了，心也跳得快了。

要是没有，我给你介绍一个人啊……你可能见过的。王老太真是快人快语，她直接说，就是我家外孙女，要是你同意……明天可以见个面。

真让人喜出望外啊。我脱口就问，她叫什么名字啊？

王老太高兴地说，她叫杨秋霞。

就是小三吗？但是，我没有说出来，这样问一定有失礼貌。不是小三还能是谁啊。

万万没有想到，和我见面的，不是小三，杨秋霞不是小三，不是那个丰满的姑娘。眼前的杨秋霞高挑，消瘦，走路软塌塌的，说真话，也许她不是个难看的女孩，可她不是小三啊。我们就在东房见的面——那是小三的房间。可她不是小三，我真的很失望，还有一种无所适从的伤感。

西边的屋子里，牌局正在进行。我突然想起牌局，可见我已经从内心里拒绝了她。

我看一眼坐在床沿上的姑娘，她表面上的表情十分平静，大约有二十岁了吧？我也不知道，潜意识里，似乎比我要大一些——可能是我已经把小三当着我的同龄人了。

我想起身告辞。

王老太说，你们说说话啊，一会小三就放学了。

王老太的意思是说，有话快点说，等她另一个外孙女回来了，我们就不方便说话了。

不了……我嗫嚅着，我……我去相眼了。

我这句话的用意十分明了。王老太可能也听出来了。她愣了一会儿，说，再看看，再看看……要不，过几天再说。

舅奶，我要回去了。

女孩一点也没给她外婆的面子，起身就走了。

王老太也没有送，她对我抱怨说，你看看陈会计，我家外孙女不错啊，她在平明的供销社站柜台，也是个会计啊，和你很般配的。

我在心里说，我不是会计，我不要和她般配，我喜欢你家小三。她……她是小二吗？我也不知道。而且，也没必要知道了。

因为王老太错点了鸳鸯谱，我不好意思再到王家相眼了。但是，那个叫小三的姑娘，我一直想念着。

手　表

父亲第一块手表是一块半钢钟山表，二十九块钱。花去了父亲大半个月的工资。那时候父亲的工资是二十三级，拿五十多块钱。记得他买钟山表的那个月，从家里背去煎饼，吃了一个月开水泡煎饼。

父亲每次回家，我都要把父亲的手表从他手脖子上捋下来，戴在我手脖子上。我的手脖子太细了，晃晃当当的，父亲老担心我会把他的宝贝手表弄掉到地上。因为半钢的钟山表是不防震的。在那段时间里，我听到最多的，就是父亲跟邻居们炫耀他的手表，说他差一点就买到全钢钟山表了，只是原先答应好给他的票，临时让一个更大的干部拿走了。父亲还告诉他周围的邻居们，有一种手表，是三防的，防水防震防磁，就是戴着手表插秧，也不会进水，就是打石头盖猪圈，也不怕震坏，就是放在吸铁石上滚几过来回，也照样走得准时。

父亲第二块手表是钻石表，上海产的，七十多块钱。父亲对他的手表照样的炫耀，全钢三防还多少钻，说得一套一套的。但邻居们已经不像先前那么好奇了，因为戴手表的人越来越多，生产队的大小干部，都有一块手表，穿假领子的时髦青年也以戴手表为荣耀。

很快的，父亲就换了第三块手表了，是一块走私的梅花牌全制动手表，父亲在炫耀他手表的时候，穿喇叭裤花衬衫的青年人已经戴上从广州带过来的电子表了，邻居们对他的手表或者对他的吹嘘，一点也不感兴趣。

父亲的第四块手表是我送他的。当人人口袋里都有一部手机的时候,谁还戴手表呢?因此,我戴了好几年的西铁城手表就长年躺在我的书橱里了。有一天,父亲在我的书橱里发现了这块表,他取出西铁城手表,在手里掂量掂量,然后戴到手脖上,晃晃,说,正好。父亲笑笑,又说一句,正好。父亲的话,和他的动作,让我想起四十年前,我把父亲的钟山牌半钢手表戴在手脖子上的情形。那时候,我也是这样晃晃的。四十年下来了,我和父亲的动作居然如出一辙。

父亲住院期间,心情非常烦躁,反复说的一句话就是,只以为是个小感冒,原来是个病。心情烦躁的父亲,对病房里的环境也非常不满,常常表现出很生气的样子。因此,我们都小心陪护他,让他安下心来。一天中午,服过药打过针,父亲的心情又开始焦躁,反复问我们什么时候能出院,当他从医生口中知道还要住几天后,几乎是命令地对我说,连个时间都没有,也不知道东南西晌的,去,把我手表拿来。

我跑回家,拿来了父亲的手表。

父亲还是没有躲过这场大病。二零零六年一月十二日十时三十五分,父亲走完了他的人生旅程。在整理父亲的遗物时,我拿起了父亲的手表,让我惊异的是,父亲手表停止了,这可是全制动手表啊,更让我惊异的是,手表停止的时间恰恰是父亲停止呼吸的时间。

如今,这块手表还放在我的书橱里,我相信它也停止了呼吸。

写于二零一零年一月十二日上午十时许。

通　电

一排电线杆，从远处排过来，又向远处排过去。

我们站在电线杆下面，仰望头顶的三根电线。

大贵举了举手里的镰刀柄，说，电线有这么粗，我在瓦基见过。

没有人不相信他的话，因为没有人近距离地看过电线，因为大贵他姑妈家住在瓦基。

我和大贵在电线下割草。我们会看一看落在电线上的乌鸦。我们会搂一搂电线杆有多粗。我们还用步当尺，丈量电线杆与电线杆之间的距离。但是，我们没有去想，我们家里为什么还点煤油灯。电离我们村只有数百米之遥。说白了，电就在我们村后。如果我们在家后的茅道里拉屎，会看到落在电线杆上的乌鸦。

我们村里的庄稼地都有名称。西大凹、大鞭梢、鱼烂沟、三钱荡，还有电线南和电线北，可见那个叫电的玩意儿与我们已经不陌生了，已经深入到我们的生活了。多少年来，我们和电窃窃私语。电离我们很近，如果我们嗅嗅鼻子，甚至可以闻到电的气味了。可是，我们就是没有想到把电请回家。

大贵的大哥是生产队长，他在村上吹哨子，吆喝一句，到电线北去锄黄豆。

这是春天里，电线北的黄豆地里生满了杂草。

到了秋天，乌鸦照例一排排地停在电线上。队长说，今年电也歉收了，连乌鸦都电不死，这电我们还要不要呢？队长的眉头皱跟卵皮一样。

村上要通电了。队长在春天锄黄豆时就说过了。

吆喝了一年。又叹喝了一年。到了第三年，黄豆终于大丰收，堆了好几岭，黄灿灿的，像黄金。

队长已打招呼了，黄豆要派大用场。

黄豆换来了电线杆，引来了一批供电的人，还有古怪的车辆以及一些奇特的设备。他们身上挂满许多张牙舞爪的工具，还有屁股上的螺丝刀、老虎钳、电改锥，一排插过去，比插一把手枪还威风。大人们隔着远处看，孩子们跟上跟下疯。顺便说一下，我们村民风纯朴，很懂礼貌，对于城里来人，一律以"会计"尊称：张会计、王会计、李会计。那几天，城里的"会计"们如沐春风，他们非常乐于接受这种亲切的称呼，所以他们干活也特别卖力。甚至，有的"会计"和村里的小媳妇混熟了，开了几句浑段子。

十多天以后，待到他们离开的那一天，"会计"们见谁都说，晚上，你家的电灯就亮了。

村里的人，都盼着天快点黑。

那天的太阳实在让人烦，挂在远处的树梢就是不动。老人磕着烟袋，盯着太阳，慈祥地说，太阳长到树上了。于是，大贵捡起一块坷垃砸过去。他要把太阳从树梢上砸下来。我也学着他的样子，捡一块驴粪，挥起臂，向太阳扔过去。太阳果真就被砸下来了，头一缩，藏到了树下。天黑了。

瞬时间，村里灯火通明，门和窗户里透出的灯光，把村路都照亮了。老人们的脸上笑出了一朵葵花，走到猪圈的南面，用烟袋在地上划上棋格，招呼道，来，下盘六路顶！孩子们在骑马打仗，呼啸着向村外杀过去。妇女们在村路上纳鞋底，说，妈呀，连针眼都看见。突然听到队长的一声招呼：嘿，嘿，瞧瞧，这地上是不是五分钱？谁丢了五分钱？乖乖！大贵说，是我丢的。队长一拍他的后脑勺，说，去你的，地上什么都没有。

灯光，把我们心都照亮了。

月季花红

双月的四个姐姐依次叫大梅、大兰、大竹、大菊。老吴可能没有想到他会一连生五个丫头,以为梅兰竹菊怎么也够用的了,偏偏第五个孩子还是丫头。老吴半夜里在月光下吃烟,门旁的那丛月季花正好开放,花团锦簇地散发着芳香。月上林梢,花香满园。老吴虽是个大老粗,还是装出斯文人的样子,吃完最后一口烟,在鞋底上磕磕烟袋,转头对月子里的老婆大吼一声,就叫双月吧。然后,又得意地自己对自己抒情道,月季花开的月夜啊……

双月以前的样子我不记得了。当我记得双月的时候,我手上的三道疤痕已经和她有关了,一道是被她两排洁白的牙齿咬出来的,另两道是被她猫爪一样尖利的手指抓的。其实,我还比较幸运,跟她坐同桌的尹文才更是遭殃,胳膊上、手上布满累累伤痕。我们都知道双月打人不计后果,班上的男生没有一个不怕她的。但是,我们都不由自主地喜欢逗她。她有一双狐狸眼,尖下巴,红嘴唇,就像反特故事片里美丽的女特务。她坐在我前排,有两根长长的辫子,只要她直起腰来,辫子就会放在我桌子上,我会用手里的图钉,把她的辫梢钉在课桌上。接下来的故事你就知道了,我手上又多了一条血印子。

从双月家墙头边走过,是我上学的必经之路。她家院子里的月季花开满一树,从墙头上挂啦下来,一片耀眼的红,再加上露水在毛茸茸的花瓣上滚动，水淋淋的动人心魂。

真好看啊，我在心里感叹着，不由得伸手摘下一朵。

在我伸手摘第二朵时，双月就像潜伏已久的特务，突然从门里边闪出身来，大声呵斥道，要死啦！

我还没来得及逃跑，她已经蹿到我面前了，在我手背上啪啪就是两掌，还顺着巴掌的节奏，说，叫你摘，叫你摘。

等我醒过神来撒腿要逃时，我的手已经被她逮住了，她动作很快地在我手上叽叽就是一口。

还好，这回我的手背上没有流血，但是已经布满各种形状的红印子了。

我一边往学校走，一边不停地在手上哈气，以此来减缓麻辣辣的疼痛。

双月几乎是小跑着赶上来了，她从我身边走过时，幸灾乐祸地说，活该！

我看到双月的辫梢上，多了两朵月季花。月季花非常抒情地在她腰上荡来荡去。这一点也不奇怪，月季花就是她家树上开的吗，她不臭美谁臭美。

那两朵月季花仿佛她的眼睛，看到我在看她了。她转回身，退着走两步，说，不怕害眼啊，看什么看！

双月甩过辫子，摘下花，往我身上一扔，说，还给你，这回扯平了吧。

我看到双月在我手上瞟了一眼。

整个一天，我都闻到双月辫子上月季花的香味，那是一种独特的芳香，虽然是淡淡的，却充溢着华丽和富贵。

这年冬天，双月家三株连体的月季树，被老吴砍了一棵。说起来，砍树的理由非常可笑，无非是老吴要用它做锹柄，一时又找不到可手的树棍，看着三棵笔直而结实的月季树，忍忍疼，砍了中间最粗的一棵。双月在湖里拾草回家，看到老吴的暴行，连哭带喊地说，刽子手，刽子手……

让人惊奇的是，来年春天，双月家院子里的月季花开得更多更大了，远远望去，似锦的红花明丽耀目，馋人欲滴。不知什么原因，我还是充满破坏的欲望，经常潜入双月家的墙外，摘下几朵月季花，也没有什么明确目的，走到半路上，不是把花扔到柴沟里，就是趴在一步桥上，把花瓣揉碎，一把一把地撒在河水里，看花瓣随着河水漂走，看小鱼儿追逐咬啄，很是开心。

有一次，我正在把几朵月季花往柴沟里扔时，被双月看到了。糟了，她肯定不会饶过我的。我不禁害怕起来。奇怪的是，她看见了，就像没看见一样，从我身边悄然走过。我悬着的一颗心还是没有放下，以为这不过是她放的烟幕弹，更大的阴谋诡计可能还在后头。

但是，接下来的一天相安无事。

更让我感到不可理喻的是，在上作文课时，她居然转回头来，要我的作文看。

她依然那样霸道，没经我同意就拿过我的作文本，说，拿来给我抄抄。

我作文的开头是这样写的，东风万里红旗飘扬，毛泽东思想光芒万丈，我们鱼烂沟村和全国形势一样，到处月季花红，歌声嘹亮。

她瞅几眼，说，什么啊，老师让写黄帅反潮流，你怎么尽是写景抒情啊。

我不想跟她争执，我自从上初一开始，作文都是这样写的。

她把作文本还给我时，我看到她小拇指的指甲盖是紫红色的。

看什么看！她缩回手，脸红一下，小声说，花瓣涂的，好玩。

她脸红的样子让我发现了。我不知道这是为什么。紧接着我还突然发现，她已经好久没有打人了，不光是我，她谁也不打了。我们还是那样玩闹，那样调皮，但是，她再也不理会我们了。

我照样贪玩，照样在上学放学的途中，蹩到她家墙根，伸手够她家院子里的月季花。

那天早上，我刚折下两朵，还想再折两朵时，双月出来了。双月望我一眼，没有制止我，似乎还和善地笑一笑，悄然走开了。双月异常的举动，让我回味良久。我跟在她身后，不时地看着她，看着她谨慎地走着路，看着她两根长长的辫子在她腰上轻轻晃荡，一种少年好奇之心油然而升。我紧走几步赶上她，准备把手里的月季花插到她辫子上，然后准备挨她的责骂和追打，就像去年经常发生的那样。奇怪的是，当她发现我的企图后，并没有像我预想的那样，只是瞟我一眼，说，拿来。

我乖乖地把月季花送到她伸过来的手上。

双月羞涩地一笑，把花儿别到辫子上，踮着步子，小跑着走了。

当双月的身影越来越远时，她辫梢上的花儿却越来越大，我心中甜蜜的情绪也越来越浓……

艾

对于艾的记忆,最早来自于小时候祖母在端午节时割来艾草插在门上,就像过年插桃枝、清明插柳一样,我们并不知道端午节插艾的意义。但这个习俗却是牢牢地记住了。

艾为多年生草本植物,繁殖很快,也非常茂盛,矮的有腿肚深,高的有齐腰深。好像没听说过有什么动物吃艾草,我们小时候给生产队割牛草,都要躲着它,要是不小心割到一星半点艾草,牛头会骂我们的。

艾叶有香气,茎上有明显的纵条和灰白色绵毛。叶互生,羽状分裂。不过稍头的叶子却不裂。花也开在梢头,穗状排列,淡黄褐色,不鲜艳,不妖娆,普通的不招人眼。

说来奇怪,作为"害草"的艾,在很多时候并不让人讨厌,可能是它多多少少能为人类做些贡献的缘由吧——艾草含有大量的芳香油,在五月时含油量最高。这种芳香油极易挥发,飘散在空气中不仅会发出芳香,还能对周围的环境产生影响。因此,民间以艾叶、艾条薰蚊蝇,或者清洁空气,还在端午节时,以艾草为主,采来"百草头",煮水给孩子洗澡,一个夏天不遭蛇蝎叮咬。

从小学到初中,有一个叫"长艾"的女生和我同班,二年级的时候还坐同桌,三年级的时候坐前后排。她扎两根又粗又黑的大辫子,个子不高,也不顶漂亮,一副好脾气,虽然比我们要大两三岁,但常挨我们欺负。被欺负时她也不恼，只是不理我们。她在学校的文艺表演中，演表演唱"四个大嫂批林彪"中的大嫂，也演过《选良种》中的大嫂，造型都一样，扎着蓝布小围裙，顶着花头巾，一边扭一边唱，有模有样的，很讨喜。念初一时，有一回，做广播体操，我们站在一排，做扩胸运动时，有好几次碰到了她的手，自然是"偶尔"的了，但我会很不好意思，怕她以为我是故意的，课后想跟她解释，突然又心慌意乱起来。还有一次，是冬天，刚下过一场雪，学校操场边，有几只鸡蹲在树上。我把雪揉成雪团，砸向鸡。鸡受到了惊吓，慌不择路地乱跑，有一只居然到晚上没有回家。我自然成了罪魁祸首。第二天，她母亲找到学校，指着鼻子把我臭骂一顿。我看到，她又急又恼，脸很红地抱怨她母亲。这次风波之后，我感觉她对我总是有一种歉疚感。有时候，感觉是个奇妙的东西，看不见摸不着，但确实能感觉到。

不知什么原因，初中一毕业，还不到二十岁的她，就匆忙嫁了人。听到这个消息，很让我吃惊，也有一种隐约的遗憾，但又没有遗憾的理由。这之后的几十年里，我只见过她一次，那是在某乡的粮管所大门口，我因事出差，看到她坐在手扶拖拉机上。手扶拖拉机上堆成山一样的口袋，她就侧卧在上面，顶一块紫色的方巾，很朴素，也很乡气，一副典型的农村大嫂了。

三四十年时光一晃过去了，小学、初中的的同学忘了很多，能记起她完全是沾了艾的光。我喜欢爬山，喜欢郊游，每次在山坡上见到成片的艾草，情不自禁就会想起那个叫长艾的同学来。

回家过年

老皮在工地上做了一秋一冬，结算工钱时，结了七千多块钱。这钱比起大工，他是少了，比起小工，他是多了。他也不知道自己干的是大工还是小工的活。他腿有些跛，不走路看不出来，走路时才一高一低的，像踩在山芋垄上。虽然腿跛不影响干活，但是也是因为跛腿，他没拿到大工的钱，比二赖雕、鼻涕虫、王干成他们少拿三千多块钱。老皮是个容易满足的人，也没跟包工头计较，怀里揣着钱，嘴上便挂着一层蜜，一天笑嘻嘻的。

还有五天就要过年了，明天就可以回家了。他家在淮北农村，坐火车回家，到徐州转乘汽车，到乡里再转机动三轮车，最多也就一天时间，就可以到家了，就可以和老婆在一起了。

晚上，淮北的几个老乡坐在电灯下喝酒。大家身上都有了钱，突然间成了富翁，再加上明天就要回家了，高兴啊，大家打平伙，喝一顿。老皮酒量不行，喝半碗就不喝了。王干成说，老皮你是痴还是傻啊，钱是平摊的，不喝不是亏大了。老皮想想也是，也就跟二赖雕他们一起喝了，一喝就较上了劲，一连干了几个半碗，结果就喝高了。喝完酒，鼻涕虫要赌钱。赌就赌。老皮口袋里有的是钱，怕谁啊。又结果，老皮输了好几百，具体说，输了七百三。输了钱，老皮才清醒，一夜都没睡着觉，肠子都悔清了，觉得上了鼻涕虫的当，二赖雕也没有好心眼，还有王干成，他们要不是劝酒，要是反对赌钱，这钱也赌不起来。赌不起来，他就不会输钱。老皮躺在床上，又是生气，又是难受，心里像被剜了一块肉。最让他受不了的是，王干成、鼻涕虫和二赖雕哼哼唱唱出去洗脚了。老皮知道他们干什么去了，什么洗脚啊，就是去搂小姐干脏事的，妈的，一有钱就烧，操他一家的，拿老子的钱去摆显。老皮越想越窝囊，躲在被窝里，把余下的钱数了几十遍，数来数去，还是少了七百三。老皮把头紧紧蒙着，偷偷哭了。

老皮原来不用出来打工，他是铁匠，在家可以打铁，他打的锄头、镰刀、锅铲、火叉、粪勺这些常用农具，老百姓用起来顺手，生意也还凑合，虽然不富裕，也还饿不死。关键是，打铁的老皮，能和老婆天天在一起了。老皮的老婆叫王明珠，是个残疾人，长年卧床不起，还小便失禁，用一根塑料管导尿。但打铁的老皮离不开她，老皮打铁，总要有个打下手的啊。老铁就把铁匠炉支在床头，让王明珠趴在床上就能干活。王明珠也还行，她趴在床上，夏天穿很少的衣服，就一件圆领衫，奶子都露出了半边；冬天就盖在被子里，只露出头。无论是冬天，还是夏天，王明珠都手里拿着一把一斤半重的铁垂，和老皮一起打铁。老皮家的屋里没有什么东西，除了支一口铁匠炉和一张床，最显眼的，就是床前的尿盆了。一根白色的导尿软管，从王明珠的身体里接下来，一点一滴的，那黄色的尿就聚在尿盆里。也不知是老皮家屋里的气味难闻，还是老百姓不需要这些农具了，反正，老皮的铁匠生意越来越做不下去了。王明珠就跟老皮说，你出去打工吧，你这身力气，出去干活，还能干不过二赖雕？你看村东的二赖雕，人没有三寸高，哪年都苦万把块。老皮想想，说，我不是不想出去，我是怕出去了，谁帮你倒尿盆啊？王明珠说，没事，找一口大缸，聚着，等你回家浇菜园，好肥料哩。老皮还是不愿出去打工。王明珠知道他想什么，便说，我真的能自己料理自己，你把水龙头接到床头，把煤气灶都搬过来，大米啊白面啊都放在床头上，我做米饭，切面条，想吃什么吃什么，你放心在外面苦钱，我不能走路，爬两步还是行的。老皮想想，老这样在家看着老婆发愁也不行，就照着王明珠的话办了。他让王明珠试着料理自己，居然还行。老皮这才拿着二赖雕留的地址，找到市里的一家建筑工地，干活了。

可老皮辛辛苦苦干了四五个月，刚拿了钱，揣在怀里还没焐热，就输了七百多，老皮心里疼的吱吱叫，就像被铁匠炉里的火灼了一下。好好的七千多块钱，一眨眼变成了六千多，怎么跟老婆交待啊？老皮没有好办法，也睡不着觉，只好蒙头痛哭。

门外的大街上响起扫马路的声音了。老皮知道天要亮了，便不想再睡。

老皮看到王干成、鼻涕虫和二赖雕的床上空空的，人还没有回来，担心地想，不会嫖娼被公安抓了吧。老皮本来想早起去车站买票的，看到同一个村的三个人没回来，犹豫要不要等他们回来一起走。但老皮想到四百里外淮北农村的一个小山村里，老婆王明珠卧在床上，眼巴巴地看着他拿钱回家过年，还是自己收拾收拾东西，一个人上火车站了。

火车站里里外外都是人，老皮背着一个大包，扛着一中只补了花补丁的大口袋，往人群里挤。老皮知道，售票处和候车室都在人群的那一边，不挤过去，就买不到票。老皮经常被挤得歪歪扭扭，也经常引来骂声：

挤你妈X啊！

老皮说对不起。

谁呀谁呀？挤谁呀？

老皮说对不起对不起。

去你妈的！

老皮的屁股上挨了一脚，撞到前边的女人身上。女人哎呀一声，尖叫声有些夸张。

老皮说对不起对不起。

也有人看他腿瘸，说，让开点，让他过去。

看不出来，一个瘸子，能拿这么多东西。

老皮听了这话，突然让自己瘸得更厉害了。老皮一边瘸得夸张，一边喊着借光借光，一边往前挤。这一招果然凑效，半个小时不到就挤到售票厅了。老皮终于找到一个能放下行李的地方了。他把东西放下来，喘口气，一看，他刚才挤的那些人，多半都是排队买票的，黑压压的人群从售票窗口那里排过来，从他面前排过去，一直排到广场上。老皮傻眼了，担心去不了家了，也后悔没有和二赖雕他们一起来。怎么办呢？老皮是头一回出来打工，这阵势他是头一回见到。

挤过来一个中年人，他朝老皮的身上靠一下，说，去哪？

老皮看他不像坏人，说，徐州。

要票吗？

要。

上午十点二十，三百块钱？

多少？

三百。

老皮从徐州来时，只花了三十六块钱，从这里到徐州，一样的距离，就三百？老皮认定这里有鬼，便摇摇头。

中年人说，到徐州是短途，没有人手里有票，我这里也只有一张，过这村就没那店了哈。

老皮放眼看看人群，说，便宜点？

便宜点？你说多少？

五十块钱。

中年人翻他一眼，说，你就是我家小舅子，也拿不到。

那……那也不能三百啊？

让你五块钱，少了不谈。中年人的口气明显不友好了，快点，要，还是不要。

不要。

中年人走了。中年人走时还骂一句。

要三百块钱。老皮也嘀咕一句。老皮见过黑心的，还没见过这么黑心的。老皮随即又想，要不是昨天晚上被二赖雕他们赢去了七百三，花三百块钱早点回家也值。可他都输了七百三了，再花高价买票，底翻上就是一千多，一千多啊！老皮心里又开始揪揪的疼了。

老皮的眼睛睁得贼大，在人群里搜寻。二赖雕、鼻涕虫、王干成他们今天也要回家，也会出现在人群里，也会到售票厅来买票。二赖雕、鼻涕虫、王干成一个比一个精，比鬼还精，他们才不会花二百块钱买张票了。老皮心里点起了希望的小火苗苗。他看一下腕上的电子表，十点二十的火车，现在八点还不到，时间有的是，等二赖雕他们来了，办法也就有了。但是，到了九点，还不见二赖雕他们的影子。老皮有些急。看着蠕动的人流，看着广场上越来越多的人，心里的小火苗渐渐熄灭了。他再一次后悔，后悔一来时，没有去排队。但是他马上又算了一笔账，就是排队了，今天十点二十的火车也是赶不上了。赶别的车也行啊。通过徐州的过路车多了，只要能上车，哪一趟都行，下午也行，就是夜里也行，只要能走。老皮决定，扛上行李，排队去。

老皮刚把大包往身上背，那个中年人又来了。

买到票啦？

老皮摇摇头。

跟你说你不信。现在就是买票，你当天也走不了，也要三天后。

三天？

三天，你看看那信息牌。

老皮顺着中年人的目光，看看大屏幕上不断跑动的字。老皮不识多少字，大屏幕不断更新的信息他看得眼花缭乱的，更是一窍不通。

看到了吧，售三天后的票。中年人说，你再住三天，要花费多少？不会算账啊你？早点回家，老婆孩子热炕头，多好？三百块钱我也没多要你的，让五块钱正好算我请你吃碗拉面。还有一个小时，你就可以上车了，上哪去找这好事。

老皮觉得中年人的话有道理。但是三百块钱一张海州到徐州的票，他还是难以接受。老皮说，我再想想。

想什么啊？没有时间了。

我……我还有三个人……

没用，走不了，我只有一张票。中年人有些不耐烦了，说，你这人没出过门吧，这么磨叽。

那我……老皮突然想起什么，说，能借你手机，打个电话吗？

中年人警觉地说，干什么？

我打个电话给二赖雕。

二赖雕是干什么的？

我们是一个村的。

打电话干什么？

我……我问他们到哪了。

中年人想了想，拿出手机，说，号码？

啊？

二赖雕的手机号码？

老皮说了一串数字。

中年人把手机递给他。

老皮把手机贴到耳朵上。手机里响起了音乐声，接着就是二赖雕的声音。

喂……老皮声音很大，是不是二赖雕啊……你不是啊？啊？你是啊……啊我是老皮啊，你狗日的到哪啦？上车啦？汽车？你坐汽车啊我日你妈的你也不跟我说一声……我坐火车啊……没坐上呢……好好好……

中年人接过手机，问，要不要？

老皮嗫嚅着，说，不，不要了，我去坐汽车。

你不买我票拿我手机打啊？给钱。

多……多少钱？

中年人又盯他一眼，说，算了，不要你钱了，晦气！

老皮背上大包，又把蛇皮口袋扛到肩上，往外挤了。老皮一边挤，一边想，二赖雕真是不够意思，坐汽车也不讲一声。老皮又想，幸亏打个电话。老皮觉得那个中年人还不坏，打电话没要钱。他东西都贵，一张三十六块钱的火车票，要价三百，打个电话，他还不要个十块八块啊？可他一分钱没要，城里人都他妈什么人啊。老皮想不通。想不通的老皮还是想通了点。票价就好比他打铁。他从牛屎汪里捞上来一块大车瓦，打了一把钢锹，又打了两把锄头，三把镰刀，钢锹他卖了五块钱，锄头他卖了一把，七块钱，另一把叫村长拿去了，加上三把镰刀的钱，加起来二十一块钱，可他一分钱本钱没花。不对，花本钱了，花了炭火钱，也就一块钱吧。他花了一块钱本，苦了二十一块钱，人家花了三十六块钱，苦三百块钱，也没错账啊。

汽车站离火车站不远，就隔一条街。老皮紧跑几步，几分钟就到汽车站了。汽车站的人虽然没有火车站人多，也是人头挨人头，但售票厅窗口多，排在他前边只有十来个人，很快就挨到他了。

老皮把头勾下来，对窗口里的女售票员说，买一张去安徽淮北的汽车票。

今天没有了，明天有一趟加班车，九十八块钱，加保险费一百。

明天？

对，别的车次没有了，要不要。

老皮从窗口退出来，才在心里说，还要等明天啊，二赖雕他们今天就到家了。老婆要是知道二赖雕都到家了，自己还没到，肯定急死了，老婆眼巴巴的，一定早就盼着了。老皮眼一花，看到王明珠趴在床上，两眼定神地望着大门。仿佛的，王明珠又爬到门口了，趴在门槛上，向着村口张望……老皮摇了下头，看到的，还是排队的人流。老皮当机立断，走，三百块钱也要走。不就三百块钱嘛，昨晚还白白输了七百三呢，就算又多输了三百，我日他妈的，七百三都能输得起，花三百块钱车票花不起啊，什么人啊！

老皮把靠在腿上的蛇皮口袋往肩上一扔，转身又往火车站狂奔而去。

他再一次挤过车站广场，挤到了售票大厅。老皮还是站到他半小时前站的地方，眼睛四下打量。这回他不是打量二赖雕他们的，这回他是找那个中年人的。但是，他的眼睛搜寻了售票厅的每一个角落，都没有发现那个中年人。正在他焦急万分的时候，他肩上被人拍了一下。老皮回头一看，正是那个中年人。

老皮欣喜若狂，突口而出，三百块，我要了。

中年人笑笑，说，对不起啊老兄，刚才劝你你不要，几分钟前，卖了。

什么？

卖了，那张去徐州的十点二十的火车票，卖出去了，不是三百，是四百。中年人说完，往售票厅门口挤去了。

老皮心里一软，几乎瘫了下去。

时间风景

二十年前，我因为工作关系，每周要在新浦和徐州之间往返一次，每次都是乘火车，而且是那种逢站必停的慢车，从新浦一路数过去，海州、包庄、白塔埠、曹浦、东海、石湖、阿湖、石埠等等。几乎每半小时不到就要停一站，到了徐州，大大小小共有三十多站。时间都在每次停车中被打碎了。在打碎的这些时间里，风景也是无处不在，车上的，路边的，男的，女的，自己的，别人的。

一个深秋的早晨，车厢里的旅客较多，大部分是各个小站上来的农民，他们拥挤在车厢里，看窗外飘飞的细雨。因为车速慢，可以清晰地看到窗外树上残存的青黄相间的树叶和收割过的茬田以及新长的麦苗。车厢里也很潮湿，站在走道里和席地而坐的旅客身上都有雨淋过的水印，在"晃当"声中，大家都默不作声，一些说不清楚的气味和情绪在车厢里或沉淀或飘浮。是的，大家都是陌生人，车厢环境又不太好，谁愿意讲话呢？只有少数几个人倚靠在编织袋上吃烟，也有人在吃鸡蛋。没有人关注时间在流逝，他们只是听不时预报的站名。其实，不是列车把我们带走，而是时间把我们从一个地方带到另一个地方，从他们木纳、寡淡的神色上，我似乎感受到他们的心灵也在经历一次非同寻常的旅行。

我站在两排坐椅的中间，一直注视着身边的一个老太，她足有八十岁了，脸上有纵横交错的沟壑，头发也白了大半，她从哪一站上来我也记不清了，似乎是从大许家，或者曹八集，随身只有一个包，那是用花色模糊的毛巾缝制的，包里鼓鼓囊囊塞满东西。一个八十岁的老人独自旅行，让我有一些崇敬，有什么事需要他只身一人前往呢，在这样一个阴晦的雨天，在这样一个拥挤的环境。我只能从她脸上看到岁月的风霜，看到时间的刻刀留下的印痕，却没有看到放心不下的心事或无法释怀的惦念。

有一个花白胡须垂到衣领上的老人挤过来了，他可能是刚从停靠的那一站上来的，身上披着一块塑料布，头上戴着斗笠。他挤到我近旁，不走了，挨挨蹭蹭地往地上坐。他身边坐着的一个青年要让座给他，他把人家按住了，说，我坐地上。老人席地而坐，慢慢腾腾地把身上的塑料布解下来，一下一下地叠好，拿在手里，头上斗笠依然戴着，散发出湿淋淋的气息。

火车厢里的世界也许是世界上最单调也最复杂的世界，看上去貌是平静的表情下，心里或许装着几火车也载不完的事，能承受他们心事的，也许只有飞驰而过的时间了。

这是两个不相干的老人。我起初这样想。

但是，当他们相认的那一瞬间，我还是震颤了。

白胡子老翁从怀里掏出一把炒米，端详一下，慢慢地往嘴里送。他在咀嚼地时候，看我一眼，又看一眼周围的人，都是不经意的。蓦然的，老翁的目光停顿了一下，那是一种明显的停顿，然后，和他对面老太太的目光相遇了。

当两位老人的目光在半空中相接的一瞬间，我似乎听到他们内心怦然而动的声音。

是你？

是你！

我真的没有听清是谁先开口的。但这已经毫不重要了。重要的是，他们相认了。我看到老翁颤抖的目光颤抖的神情和老太太颤抖的双手。两位老人的手越过数十年光阴和时空，在一列火车上紧紧握在了一起，而他们的目光依然相对着，似乎要从对方的脸上读出什么。我看到老太太眼中闪动的泪水正在极速地聚积。与此同时，老翁的眼睛也湿润了。他们好久没有说话，四只苍桑而干枯的手紧紧相握。他们的目光继续在对方的脸上寻找着，满脸深深的沟壑里藏着岁月的风霜以及蜂拥而至的遥远的记忆，还有语言无发表述的复杂而难以抑制的情感。

　　我看到了这一幕。周围的人都看到了这一幕。相信没有人能读懂他们真实的内心感受。但可以肯定的是，无情的时间已经缩短了他们之间的距离，五十年算什么？六十年甚至七十年都不算什么，所有的往事，所有的辛酸，所有的磨难，所有的无奈，都是通常人们所说的人生。

　　你我也会在这一天相遇吗？

麻大姑支前

我父亲是独子,他在十八岁那年,也就是一九四八年秋天,迎来了家乡的解放。

一直在游击区做贼的麻大姑骑着枣红马回村了。她这回的身份已经变了,是我们这儿的小乡指导员。那天她骑在枣红马上,洋洋得意地来到村口,看见她的人,都被吓得小腿肚抽筋了,以为她还在游击区做贼,其实她早在两年前,就被收编为区中队一名能征善战的小队长了。随着淮海战役初期黄伯韬兵团往西撤退,我们这里自然就由国统区变成了解放区。麻大姑被区里正式任命为小乡的指导员。

麻大姑在我家门口下了马,她大声地对我祖母说,你家大丑呢?

大丑是我父亲的小名。我父亲初小毕业后,没钱继续念书,正跟着瘸三老爹学做生意。我家有一头黄牛,瘸三老爹家有一辆大车,用大车贩粮食从赵集往阿湖镇拉,一车也能赚个块儿八角的钱。但是,随着战事的发展,父亲的生意没法做了,这正子正在家里闲着。

我祖母一听麻大姑找我父亲,心里就害怕了,估计没有好事,刚要谎称不在家,出门做生意了。但父亲一听有人找,还是跳了出来,他先看到那匹高大的枣红马,又看到麻大姑身上背的盒子枪,心里莫名地激动一下,跟着才是紧张。麻大姑看到我父亲了,一笑,说,大丑长这么高啦?我估计也长成大人了,这回正好,跟我支前去。父亲不知道什么叫支前,正想问一问，祖母说话了。祖母知道支前是干什么去的，她立即就编了一个谎，说，大丑有病，还没好透，不能去打仗。麻大姑把身上的盒子枪，往胸口拉拉，说，不想上前线也行，你家那头牛要去，还有瘸三老爹家的大车，我这就去跟他说。还有啊，大丑妈，现在解放了，人民当家做主了，你要心里有数。我祖母说，我有数，我有数，可我家的牛，不光是我家的，还有别人家的一条腿。麻大姑脸色一冷，说，大丑妈，你不要这样没觉悟，你家大丑正当年，不上前线我可以放一马，牛是不能放了，还有谁家一条腿？别瞒我了，这事说定了，明天一早去套车，碾庄也不远，来回也就百把里地，不会累着你家的牛。

没办法，我家的牛，还有瘸三老爹家的木轮大车，在两天后，拉着征集来的公粮，跟上浩浩荡荡的支前大军，赶往淮海前线了。

黄泊滔兵团被消灭的消息也是麻大姑传递来的。她那天更是威武，雄纠纠气昂昂地走在村道上，见人就安排工作，让大家烙煎饼，做军鞋。麻大姑来到我家时，对正在推磨的祖母说，大丑妈，你家立功啦。其实，我母亲已经知道了，村里支前的人回来讲，我家的牛，被炮弹炸死了，牛肉也慰问了解放军。麻大姑说，政府决定要对你家进行补贴，政策还没有下来，反正一句话，不会亏待你的。不过。大丑妈，这回大丑是一定要上前线了。我祖母一听，急了，她放下磨棍，说，麻大姑你行行好，我家牛都死了，我不想大丑也死。麻大姑冷着脸说，这话能乱说吗？村里支前的人，有一个死的吗？不都是好好的回来啦？瘸三老爹还长胖了二斤肉呢。再说了，马上就要土改了，我们这里的政策是，每户人均顶十八亩地就算富农了，你家呢，五口人，一百多亩地，弄不好要划成地主的。我祖母说，大丑还是个孩子，他不懂什么事啊。麻大姑说，没事，让大丑跟着我，我不死，你家大丑就不死。

我父亲就这样，跟着麻大姑上了淮海前线。

这年的春节到来之前，我父亲回来了。麻大姑没有回来，炮弹炸响的时候，她没来得及躲在堆满粮食的木轮牛车下边，被炸飞了。我父亲，还有瘸三老爹，都看到她飞起来的样子。躲在木轮牛车下的瘸三老爹对我父亲说，你家牛，也是这样飞的。

螃蟹腿

管二家终于盖上一间丁头舍了。

管二一个人过，原来住在跳口的草棚里，长年累月的，加上盐场的空气盐潮卤辣，草棚的木架子终于朽烂了，恰巧又遇今夏的大洪水，把管二的草棚冲得没了踪影。

管二就请来好朋友王麻虾，两人一起，抬来河边的泥，因地制宜盖了一间。管二看着泥墙上的草根，草根有红有绿，有新鲜发芽，也有要死了的，管二用手摸摸它，然后嗅着腥腥的淤泥味，心里很得意，觉得这间丁头舍比先前的草棚要好多了。

可管二的酒喝光了，三个酒坛里空空的，一滴也倒不出来。管二是喝酒长大的，没有酒，怎么能过日子呢？管二就拎着两只空坛子，到王麻虾开的代销店里。王麻虾的女人外号叫螃蟹腿，正和几个女人在后院的草席棚下打纸牌，管二从身后看看这个他也曾很熟悉的女人，看看她从红色大裤衩里露出来的两条肥腿，像晒干的螃蟹腿一样又红又弯的腿，这两条腿，一度迷得管二丢魂落魄的。可管二现在碰不到她了。她成了王麻虾的女人了。管二咽口唾液，趁她不注意，在门口的大酒缸里灌了两坛子酒。

正在墙上刷标语的王麻虾"嗨嗨"着让他放下酒坛子，大嚷着说，你小子还欠我六坛酒钱，怎么老账没还又来灌新酒啊？

管二看王麻虾站在脚手架上，那脚手架没搭牢，晃晃的，王麻虾随时都要掉下来。管二使劲地睁睁眼，说，你刷啥标语啊王麻虾？人不怎么样，字倒是不错啊？念我听听来？

你不识字啊？毛主席语录，深挖洞，广积粮，不称霸！

管二又睁睁眼。管二睁眼挺吓人的，他一睁眼，整个头盖骨都动，仿佛他的头盖骨是后补上去的。要命的是，他有睁眼的毛病，说一句话要睁一下眼。就是不说话，也要不时地睁眼睛，就像有人习惯咽口水一样，他原来的老婆螃蟹腿，据说，就是被他睁眼的毛病吓跑了的，跑来嫁给了王麻虾。管二把眼睛睁了两睁，说，啊啊，不孬不孬，好字，我不耽搁你，你继续写啊。

管二边说边走了，还顺手抓一把他家竹匾子里晒的螃蟹腿。

王麻虾心里正被他夸得滋润着，看他走远了，才大喊，酒……我的酒……酒钱啊，螃蟹腿，你眼睛长裤档啦，酒让管二偷走了！

螃蟹腿摸一张二条，大叫一声，老娘胡了，三番二十来，我操，王麻虾，你叫魂啊！

酒……

酒是你命啊，不就是酒嘛，人家管二的女人都给你了，喝你两壶酒，还这么小气，老娘真是瞎了眼！

打纸牌的女人都哄哄笑了。

管二转回头，看到晃晃悠悠的脚手架，看到脚手架上王麻虾虾下腰扶着脚手架的狼狈相，哈哈笑着说，小心别率下来王麻虾，酒钱先欠着，我不死一定还你酒钱，等会来喝一杯啊！

管二回到家，就喝开了。

管二喝酒不讲究菜，有时候逮几只小蟹，沾着盐下酒，有时候揪一把门口的海英菜，放在开水里烫一下，也是好菜。可今天他什么菜都不想弄，只是把酒倒在一只小黑碗里，就着抓来的螃蟹腿喝。盐场人喝酒有个习惯，都是碗。这碗也不大，一斤酒能倒四碗，喝酒正好。

正喝着，王麻虾追过来了。王麻虾站在门口，骂道，我真是要死了，累死累活帮你盖间丁头舍，就是让你抢我酒喝啊？

管二知道王麻虾是来要酒账的，管二还知道王麻虾也是酒鬼，因为被打纸牌的老婆螃蟹腿管死了，不敢喝，嘴馋了，就来管二家混二两喝喝。管二摸透了他的底细，就说，少废话了，过来弄二两！

　　王麻虾伸长了脖子，使劲咽一口唾液，说，也没有菜啊。

　　管二捏一条螃蟹腿，放在嘴里咂着，说，这不是菜啊。

　　王麻虾认出来了，这是他家晒在竹匾里的螃蟹腿。王麻虾骂一句什么话，一猫腰，钻进了丁头舍。管二已经把酒倒上了。王麻虾还等不及坐下，就端起碗，一扬脖子，干了。王麻虾这才舒服地坐下来，也捏一条小蟹腿，咬一小截在嘴里，慢慢嚼。

　　一边喝酒，一边说着盐田的事，都是盐场工人，滩上的事一肚子数，说着说着就腻了。

　　这酒喝得慢，小蟹腿吃得也慢。但是，喝到黄昏来临时，两坛酒还有一坛子，小蟹腿却吃光了。管二说，麻虾，你说你家那些小蟹腿，就不能带两把来下酒？

　　要什么小蟹腿，那是女人晒着过年吃的。王麻虾说，你家墙上现成的嘛。

　　王麻虾没说错，他帮管二盖丁头舍时，直接挖的是河滩上的泥，钻在洞里的小螃蟹们来不及逃命，瘸胳膊断腿地被砌到了墙上，下来十多天了，管二家丁头舍的新墙上，伸出不少只小蟹腿，黄的，红的，褐的，王麻虾在墙上抠下来一条，往嘴里一塞，还没来得及嚼，就说，味道不错。

　　管二也扭过脖子，在墙上抠下来一条，嚼巴嚼巴，抿一口酒，说，唔，味道不错，跟你老婆差不多。

　　王麻虾知道管二是调侃他，也不恼，反而说，什么你老婆我老婆，还不都是螃蟹腿，谁爱吃谁吃。

　　管二听了，哈哈大笑着，又从墙上摸一条螃蟹腿，放嘴里滋地咂一声，说，好味！

　　说话间，天就黑了。

　　管二端着煤油灯，趁灯里有油，在墙上找了几条螃蟹腿，放在桌子上，把灯吹灭了，说，不急，慢慢喝，还有一坛子啊，你小子不喝白不喝。

王麻虾伸手在墙上摸索着，他也摸到一条螃蟹腿，嘬一下，放到桌子上，说，比什么菜都下酒，来，喝！

丁头舍外，月亮静静地挂在天空，月光洒在大片的盐池里，闪着盐一样的光芒。不远处的拦海大堤外，是一声接一声的海潮声。小桌上的两只黑碗里，酒水也闪着月光。管二和王麻虾，每人手里捏着一条螃蟹腿，喝一口酒，嘬一下螃蟹腿，滋滋嘬嘬的，说一些不着边际的酒话，一直把天都喝亮了。

说来也怪，天一亮，这酒反而越喝越清醒了。

王麻虾手里拿着螃蟹腿，大声地说，这哪里是喝酒啊，就是喝水啊。

管二手里也捏着一条螃蟹腿，也醉意朦胧地说，你还有口水喝啊，我管二可是光吃螃蟹腿啊，你老婆的！

说话时，管二看到手里的螃蟹腿，原来是一根铁丁，锈迹斑斑的、弯曲的铁丁，被他嘬得雪亮。

管二哈哈大笑着，说，哇，麻虾你看看你看看……

王麻虾说，管二，你他妈弄什么下酒不行啊，偏要弄条螃蟹腿，还砸了一夜，你他妈不是存心气我嘛哈哈哈。

王麻虾一把抢过铁丁，说，我看看……你狗日的把螃蟹腿嘬得雪亮啊哈哈哈……

王麻虾也放在嘴里嘬一口，说，乖乖，真鲜。

园子和文件

这是一片老式居民区。老式居民区最大的弊端就是没有物管，各种需要物管解决的问题都靠居民自力更生，这也锻炼了居民自己解决问题的能力。但，有些问题解决不了，比如居民区中间这一大块空地上的卫生。这是一块七八十米见方的地盘，说大不大，说小不小，原先好像是一块草坪，由于疏于管理，草坪被蒿草、藤蔓取代，又由于不少人在这里挖土栽花，蒿草藤蔓里埋藏着许多大大小小的坑塘，每当雨季来临，坑塘里积满了水，经久不枯，到了夏天，蛙声如潮，好一派田园般热闹景象。可惜好景不长，这块半个足球场大的杂草地，渐渐积满了垃圾，花花绿绿的塑料袋、破席头、烂沙发、西瓜皮、装修垃圾，这里一块那里一堆，很快连成一片，有捡垃圾的调皮鬼，还把几根破炉桶分别插在马桶里，像一门门大炮，随时要把垃圾发射到天空。

不知在什么时候，来了一个老头，把垃圾清理到一边，开垦一小块地，种上几垄黄瓜、几垄豆角，居然喜获丰收。老人尝到了甜头，继续在垃圾场里耕作，他采取的办法是，把垃圾运走，运到地处郊外的垃圾填埋场。日复一日，在老人的辛勤劳作下，菜园的面积渐渐扩大，垃圾渐渐减少，直到有一天，这里成了一块初具规模的园子。园子四周，是老人精心编织的篱笆墙，园子里，青枝绿叶，花红果绿，各种蔬菜都有，甚至在冬天还有塑料大棚。老人种的菜吃不完，就送到附近的自由市场上卖了。附近的居民谁都看得见，原先蚊蝇纷飞、恶臭飘扬的垃圾场不见了，代之而来的，是一片葱葱郁郁的菜园，不少人都夸这老头人好，勤劳，手巧，为居民办了一件好事。

　　说来奇怪，当老人的菜园种了一两年，有了不菲的收入之后，人们开始窃窃私语了，这是公家的地盘，凭什么让他个人得利？有的说，这是哪来的老头啊，凭什么在我们的小区种菜。

　　有一天，社区居民委员会的主任来到菜园，找到正在自己打的一口水井里抽水浇菜的老头，说，老先生，你是哪儿人啊？老头说，就这里的，噢，对了，从乡下来的，老婆子帮女儿家带孩子了，我没事，种菜玩。主任说，你种这菜，违规，懂吗？老人很通情达理地说，知道，这不是俺家的自留地，也不是承包田，相当于拾边田吧……俺不是看这块地荒了太可惜嘛，这才拾起来种的，你看，一片绿油油的，多好看，请问你是……主任说，我是管这一块社区的主任，按照上级文件精神，请你不要再在这里种菜了。老头一听，愣住了，他担心的事终于发生了，官家不让种菜了。可老头有他的理由，便说，原来这里是一片垃圾场啊，我不种菜，这里又会成为垃圾场的，你们官家有文件规定这里是垃圾场？主任说，没有，这里不是垃圾场，这里严禁倾倒垃圾，但倾倒垃圾不属于我们居委会管，属于环卫部门管，我们只管不许你种菜，听到啦？老人诚惶诚恐地点点头，说，听到了。

　　于是，老人的菜园子被强行铲除了，还是开着推土机来铲的。被铲除的菜地上，一片狼籍，支离破碎的青绿色，随处可见，这里一堆那里一堆，还没有长大的萝卜，刚挂果的西红柿，刚开花的茄子，藤藤蔓蔓的豆角秧……老头蹲在一堆工具旁边，抱着头，看着自己亲手种植的蔬菜被毁于一旦，浑浊的眼睛迷茫了，嘴里不停地嘟哝着，可惜了，可惜了……

　　不久之后，这里被谁扔进了第一包垃圾，接着是第二包，第三包……垃圾越聚越多，蚊蝇开始肆虐，恶臭开始蔓延，人们在路过的时候，又捂住鼻子了。

草莓香

　　因为写一部四十年前关于苏南地下黑工厂的剧本,需要切身地体验当地的风土人情,制片方把我安排在一个苏南小村专心创作。

　　小村的中间有一条河流穿过,把村子一分为二,河这边叫吴浜,河那边叫双泾。我住在吴浜这边,沿桥下去,河边有一排小平房,开着各种各样的店,有十字绣,有理发店,有小饭店,有化妆品店,还有一间形迹可疑的美容工作室。沿着河边的店铺走进村子,是许多家工厂,院墙里是高大的厂房,有轰鸣的机器声传来。再拐进另一条小巷,一直走到路的尽头,是横过来的另一条河,河边一个小院子,就是小萍家了。

　　小萍家是三开间的两层楼,院子不小,院子里有一排小平房,至少有六七间吧。梢头靠院子后门的那间,就是我的工作间了。

　　现在,我就在这间小房里睡觉、写作,吃饭是在小街上的一家小饭铺里。

　　正是四月,花红柳绿,油菜花盛开,春天最好的季节,而我却无暇欣赏这美丽的春光,天天躲在小屋里,夜以继日地工作,要赶在盛夏来临前拿出初稿。

　　这家的主人姓刘,是个年近六十的中年人,很精干,和女主人一起在村里的企业里上班。有一个已婚的独生女儿,三十出头吧,是村小的老师。她便是小萍了。小萍是个瘦弱的女人,挺漂亮,也活泼,眼睛特别有神，儿子也在她供职的学校读二年级，丈夫呢，是搞桥梁施工的工程师，长年在外地，很少回来。

　　开始几天，我和小萍并没有话说，她似乎也没有要跟我接近的意思，偶尔在院子里见面了，只是互望一眼，连个招呼都不打。有时候只是我看她一眼，她旁若无人地直接进自家的楼房或做自己的事。但我对她却有些好感，因为她母亲介绍，她是个书法家，书法作品多次获得各种奖项。她母亲指着墙上的书法作品，颇有些自豪地说，看看，看看，我女儿写的，还有这张，这张，好吧？我点点头。她母亲继续看着我。我知道我只点点头是不够的，便大声而有力地说，很好，好字啊。她母亲笑了，脸上的骄傲是显而易见的。

　　周六和周日的时候，小萍家就热闹了，她招了十几个孩子，在她家楼底的客厅里学书法。我从院子里经过时，会听到她辅导孩子的说话声。她声音不高，却清脆而悦耳，很有耐心，这可能和她一直做教师有关吧。有时候呢，什么声音都没有，我从门上的玻璃望出去，原来她是在示范写字。在上午十点和下午四点时，孩子们会下课在院子里玩，他们有时候皮闹的声音很大，小萍会跑出来，把孩子们招到一起，小声耳语什么，我看到，她边说边用手指一下我的小屋。随后，孩子们说话的声音小多了，也不再追逐打闹了。我心里有些过意不去，孩子们的皮闹是天性，不能因为我在屋里写作，就扼杀他们的天性。但小萍觉得这样很好，我也不能出去纠正啊。

　　就这样的，各忙各的事，也还安好。一天，刚下过小雨吧，地上湿漉漉的，我把门半掩半闭着，让外面清爽的空气透进来。但是，创作上又遇到了烦神的事，正苦思冥想，听到院子里有脚步声，轻轻的，有些犹豫和迟疑。小萍家平时没有人，上班的上班，上学的上学，只有我一个孤独的写作者，还有一条小狗和两只小猫。脚步声会是谁呢？分明是小萍的。小萍的脚步声再次响起的时候，我心里突然升起一丝期盼，希望她能跟我说句什么。但是脚步声在我门前绕了个弯，消失了，然后是她开门声。

　　我写不下去了。给自己倒杯茶，把窗玻璃上的印花蓝布窗帘撩开，目光透过洁净的玻璃，穿越院子，再透过小萍家的玻璃门，我看到了小萍，她正在收拾桌子，那是学生学书法的课桌，我才想起来，明天又是周六了。我静静地看着小萍忙碌的身影。她今天穿一条裙子，一件黄色的薄毛衫，长发可能刚刚打理过，发梢略略地有些酒红色，样子很俏皮。可能是她知道我在看她吧，突然的转过身来，向我这边一望，明媚地笑起来。然后，她端一只小筐，到水龙头上，哗哗地洗一筐草莓。

"陈老师，吃草莓。"她端着一筐鲜红的草莓，走到我的门口，声音柔和地说，"刚摘下来的。"

我把门完全放开了，说："谢谢。"

"陈老师客气了，一个同事家园子里的……"她把小竹筐端到我面前，"吃来……"

我拿一个，放进嘴里。草莓很甜。

她看着我，问："好吃吗？"

"好吃。"

"好吃多吃几个……"她想找个地方，把小竹筐放下来，可惜我的房子太小了，也只有一桌一凳，她看无处可放，又是一笑。

我让她坐凳子上。她坐下了，有些不安地说："陈老师你也坐啊。"

我也只好坐到床上。

她拿一个草莓放进嘴里，腮便可爱地鼓起来。

"今天……没有课？"我说。

"有课呢……这就走了……陈老师，草莓放你这儿啊，要吃光哦，小刘老师家的园子里多的是。"

小萍说完，起身走了，她把一竹筐草莓放在我的手里，走到大门口那儿，回身关门时，脸上还是笑笑的，还伸出手跟我调皮地摆一摆。

小萍走了，年轻、娇好的身影消失在大门外的墙角那儿，她又上课去了，走过小巷，拐上小街，从一条河上的石桥走过，就是她供职的小学校了。……她是专门送草莓来的，我心里莫名地不像原来那么淡泊，仿佛有一颗善良而深情的心在抚慰着我，一双可爱的眼睛在看着我。我默然了，

211

看着一筐鲜红的草莓,还有洁白的墙壁,心里有一丝疑惑,小萍真的来过?刚才,小萍就坐在这张凳子上,这儿仿佛还有她年轻的容颜,还有晨露一样清甜的芳香和如玉一般的温良……

——根据梦境记录。

蓝布羊皮袄

我们这群人，十有八九都戴眼镜。

我们是谁？是一群劳教的右派。

不戴眼镜的右派也有，这便是老区。

区，这个姓比较奇特，给他带来不少麻烦，也带来不少灾难。

老区来我们农场第一天，我们正在挖沟。管教干部唐班长，缩着脖子，顶着寒风，来到我们干活的黑石岭，对队长说，交给你一个不戴眼镜的，叫什么？区……干富。

唐班长话音一落，盯一眼区干富的脸，照准他腿弯就是一脚。区干富没有防备，腿一软，嗵一声，跪到地上。

我们这里的方言比较特殊，许多字读一个音，比如许和徐，比如富和部，所以，唐班长叫区干富的时候，就成了区干部。唐班长才是个小小的班长，管教对象却成了区干部，挨打就正常了。唐班长看来很生气，他又踢一脚区干富的脸，冲我们干活的人说道，捆起来。

人群中冲出几个人来——也不知哪来的绳子——扑上去，反剪区干富的双臂，几下就把他捆了个结结实实，拎起来，掷到唐班长的脚前。我们听到区干富嘴里不停地吸着气，又不迭连声地说，我的皮袄……我的皮……我的袄……

捆人的右派们无师自通，技术很高，把他的上半身捆成了虾米，绳索从肩膀上勒下来，绕到手脖子上，勒进了肉里，血便渗了出来。区干富不叫疼，却叫皮袄。这时候我们才看清，他穿了一件新棉袄，袖口露出一圈羊毛，果然是羊皮袄。

　　区干富和我分在一个号子里，睡觉的地铺，在我身边。我们都躺下时，他把羊皮袄脱下来，弹着肩膀擦白的地方——那里是白天被捆时，在地上磨的，起毛了。他很心疼，用嘴吹，用手弹，但那块擦痕，怎么也弹不掉。他忙活一阵，看我一眼，想对我说什么。也许是见我面色冷漠吧，便没开口，睡下了。

　　我们还是成了朋友。睡在一起，又一起干活，总要交流的。他告诉我，倒霉就是他名和姓。他被划成右派，就是单位人都喊他老区。在挖水晶的坑塘里，他对我说，其实这个姓不读区，读欧，海鸥的鸥音，可他们都叫老区……我哪敢冒充革命老区啊？我们研究所右派差一个名额，就算上我了……临来时，没敢跟远在内蒙老家的老娘讲，撒谎说是出趟远差去了……老娘就给我寄来这件羊皮袄……看看，里外都是新的，还有这羊皮……多好啊。

　　区干富的羊皮袄是蓝卡奇面子，走在我们这些灰不溜秋的服装当中，特别显然。即便是一个月以后，他的羊皮袄也灰不溜秋了，远远地望去，在冬阳下，仍硬硬的蓝，很是醒目。

　　区干富跟别人说不来，跟我到是能聊几句。从言谈中，我知道他是独子，老家在内蒙、外蒙和黑龙江交界的一个以汉人为主的小村，父亲死得早，是母亲一手把他拉扯大的。解放那年考上了清华大学，毕业后，分在我们这个小城的一家研究所，是研究精密仪器的，对外保密。他母亲身体不好，区干富一直想把老母亲接来小城，但由于没有当地户口，一直又接不来，心里便内疚得很。这一点我能感受出来：他想念母亲时，会把干瘦的脸帖在蓝布羊皮袄上。还经常唠叨，我这袄，我这袄……针脚多好啊……真暖和啊。

农场的活十分辛苦。白天,我们在岭上挖沟抬土,晚上要有一个小时的学习,开展批评和自我批评,相互揭发,从灵魂深处挖毒瘤。区干富都是被揭发最多的人之一,五花八门什么都有,有的说他一个馒头,两口就吃了,这是什么意思?不就是嫌馒头小嘛。有的说他夜里说梦话,说回家回家,还喊了三声娘。没有改造好,就要回家,是明目张胆抗拒改造嘛。

有一天晚上,人人自我检讨后,开始互相揭发,有人揭发他干活偷懒,一个上午小便了十八次,从几点几分,到几点几分,记得清清楚楚。最后,揭发他的人说,哪有那么多小便啊?

干活偷懒,人人都有一招。解小便是最常用的招数。想想吧,我们一顿只吃一个馒头一碗菜汤,人人面黄肌瘦,力气很快就用光了。农场里天天都有死人,莫名其妙就死了,不是饿死就是累死。会偷懒的人死的晚,不会偷懒的人死的快。区干富原来不会偷懒,后来才看出门道来。但他只有这一招是不行的。比如我,除了频繁的小便,还把筐和扁担分开拿,和我搭伙的老陈拖着筐,我扛着扁担,一前一后,这样走回去就可以慢一点,一个上午总要少抬几筐。

区干富被揭发出来以后,唐班长还用惯常的口气,说,吊他一夜。

一夜吊下来,区干富尿屎就被吊到裤裆里了。

后来,就是临近春节的时候,我们七大队可能因为人多,一分为二,分出去三百多人,成立了八大队。区干富被划到了八大队,调到黑石岭挖石英了。我们中队管教干部唐班长,也跟着调过去了。

我和区干富虽然不是一个大队,也不再住一个号子,但,偶尔的,我还会看到他,远远的人群里,他的蓝布羊皮袄在阳光下一闪一闪的。

春节过后。我们大队也调去挖石英了,在相邻的队伍里,我没有看到扎眼的蓝布羊皮袄,心里想,区干富可能已经改造好了,回去上班了。但有一天在场部领邮件时,我看到前边一个人,个头小小的,走路一虾一虾的,很像区干富,再看衣服,确实是那件羊皮袄——衣摆和袖口,露出一小截羊毛来。只是已经不那么蓝了,旧得很快,跟我们身上的衣服差不多

215

了。我几步追上他,拍一下他的肩膀。他回头时,我看清了,不是区干富,是唐班长。我尴尬地一笑,说,我以为……我把下半句咽回去了。

唐班长一点也不避讳,瞪我一眼,说,你以为是区干富,对吧?他呀,死了。

后　记

2010年春节过后，感冒一直不好，拖泥带水持续两个月。在这两个月里，我开始了这本微型小说集的写作和整理。

首先从我以前发表的微型小说中发掘，从旧报纸旧杂志上找出了一大堆，除了一部分选入另一本微型小说集《西窗》（出版时更名为《一棵树的四季》，由江苏文艺出版社2010年9月出版）外，我又选了《家养动物》、《签名本》、《乒坛高手》、《古力军》、《老关父子》、《虫沙》、《刁老师》等十余篇；其次是四十多篇新的创作。

我对这批新写的作品，大都比较喜欢，可以说是我微型小说中的得意之作。

对于微型小说，我的敬意多于喜爱，一方面，我的文学起步，得益于这一文体；另一方面，微型小说短小的篇章更是一种挑战；还有就是文体的"暧昧"——如此说来，并非是对微型小说的不屑。我一直觉得，微型小说具有多面性，可以写成散文，像汪曾祺的一些作品，也可以写成小品文，更可以写成故事，甚至写成杂文——这正是微型小说的优势之一。

在和朋友们聊天的时候，有的朋友认为，微型小说发展的空间已经越来越狭窄，从文本层面上缺失了优越性，艺术上更是鲜有突破，有越来越低俗化的倾向。这不是微型小说本身的问题，是作家们对这一文体的认知出现了偏差。我对朋友的话没有做出回应，是因为我真的没有认真思考过。我的写作，基本出于职业的习惯，也存在或多或少的娱乐性。但是，文本总有特定的规律，不是有人弄出什么"微型小说写作三十六法"吗？我极不赞成这一说法，这会让人想起"革命诗歌创作法"这样可笑的文革模式。

在经历过这本小书的创作之后，我对微型小说有了进一步的认识。这种认识在另一本微型小说集《一棵树的四季》的后记中，已略有涉及，特别是通过阅读俄罗斯作家伊萨克·巴别尔的作品，他的《敖德萨的故事》和《红色骑兵军》两本超短篇小说集，让我觉得这一文体还有无限的空间，还有可探索的可能性。事实上，我这次新创作中的部分作品，在空间感、扩展量和审美趣味上，是受了他不少影响的。

简单分为二辑，并没有特别的意义，只是笼统地把都市题材和乡村题材做了分类，其实这样的分类也许更是吃力不讨好。

2010 年 4 月 10 日于连云港